U0737723

人间没个安排处

余德予 著

长江出版传媒 长江文艺出版社

图书在版编目（ＣＩＰ）数据

人间没个安排处 / 余德予著. -- 武汉 ：长江文艺
出版社， 2019.11
（湖北草根作家培养计划丛书）
ISBN 978-7-5702-1175-3

Ⅰ. ①人… Ⅱ. ①余… Ⅲ. ①散文集－中国－当代②
诗集－中国－当代 Ⅳ. ①I217.2

中国版本图书馆 CIP 数据核字(2019)第 141679 号

责任编辑：孙　琳　　梁碧莹　　　　责任校对：毛　娟
封面设计：周　佳　　　　　　　　　责任印制：邱　莉　杨　帆

出版：长江出版传媒　长江文艺出版社
地址：武汉市雄楚大街 268 号　　　邮编：430070
发行：长江文艺出版社
http://www.cjlap.com
印刷：武汉立信邦和彩色印刷有限公司

开本：700 毫米×1020 毫米　　　1/16　印张：9.75　　插页：1 页
版次：2019 年 11 月第 1 版　　　2019 年 11 月第 1 次印刷
字数：138 千字

定价：32.00 元

版权所有，盗版必究（举报电话：027—87679308　　87679310）
（图书出现印装问题，本社负责调换）

序

蝶恋花

李　煜

遥夜亭皋闲信步，乍过清明，渐觉伤春暮。数点雨声风约住，朦胧澹月云来去。

桃李依依春暗度，谁在秋千，笑里轻轻语。一片芳心千万绪，人间没个安排处。

后主，您生活在"风柳繁华地，富贵温柔乡"，怎么会发出"人间没个安排处"的感叹？您是具有怎样的悲天悯人的情怀，怎样的洞察万物的灵悟？

我还是初中生时就读到了您的《相见欢》：

无言独上西楼，月如钩。寂寞梧桐深院锁清秋。

剪不断，理还乱，是离愁。别是一般滋味在心头。

虽说"少年不识愁滋味"，我仍可沉浸在诗意中。词的音乐魅力让我毫不费力地背下您这首词，而随后反复吟咏。我感叹"剪不断，理还乱，是离愁"，把抽象的情绪转化为了具体形象。"寂寞梧桐，深院锁清秋"的意境让我忘掉嘈杂的环境，进入一片清凉世界。

有人说，您的词是"粗服乱头不掩国色"，我极不同意。您的词不是"粗服乱头"，您的词无一字不妥帖，无一言不精妙，是"大匠运斤，不露凿痕"。您词作的特点是言浅意深，韵味无穷，就比如这句"人间没个安排处"。

我应该是早就读过您的这首《蝶恋花》，只是年幼无知，掠过此句，无所领会。直到我进入暮年，尝尽人生酸甜苦辣之后，重睹此句，竟如初见。我"仿佛参禅般，将此话细细咀嚼，潸然泪下"。曾经，无数的挣扎，无数的失意在心头翻涌。

后主，今夜，我将向您诉说我一生的曲折和人生安排的无所适从。

目 录

随手拍配诗

新体诗

散　文

命运唤我奔向远方

人人都想安排自己的人生，然而大部分人的人生却不由自己安排。以我的一生来说。我降临人世之大事，非我意愿，乃天地灵气之聚合。我的求学，是被家长按社会运行惯例送入小学。而升初中，升高中，上大学，俱是按部就班前行。我大学毕业的那个时候，不像现在的大学毕业生得自己找工作，我们是服从国家计划分配，到祖国需要的地方去。我很幸运地被留在本学院任教。参加工作时是见习助教。一年后经过考核转正为助教。然后好好工作，等待升级，亦是顺理成章的事。这一切都不是自己的主观安排。直到有一天，命运伸出个小指头来拨弄我，打破我平静的、随波逐流的生活，强迫我为自己安排出路。那年我 44 岁，已经是人到中年。

从读书 4 年、教书 22 年的高校离开，背井离乡，拖家带口，奔向人地生疏的远方，出现如此大的变故，后来回顾，我意识到这是不可抗拒的命运作弄，不怪任何人，更不能怪我自己，所以没有必要像老太婆吐苦水那样细说根由。

发生在我身上的事涉及学校培养什么样的人的办学方向性的问题，系里领导不能收回成命。而我是别无所求，只坚决请求系里放我走。以前曾多次请求调动均因理由不充分未能成功。这次双方都已经没有回旋余地，系里领导只好放人。及至给我放行，我不几天就陷入苦恼。因为此前我完全没有联系出路，事到临头才知道世事举步维艰。

我去武汉的几所大学求职。与我接谈的因为是同行都认识我，有过交往，很欢迎我去工作。但是，他们很抱歉地说，他们只是管业务的，管不了住房。学校现在没有住房给我。我可以先去工作，可是得暂时还住在原校，等有住房再搬去。这是实情，不是游词婉言挡驾。我想到人已经调往别处工作却还赖在原校占了住房，天天与不愿意见面的人碰面，还不知道猴年马月能有房搬走，这是非常难堪的。我只能丧气而退。

有意思的是我还去了一所军事院校。我完全无人介绍，是自己闯去的。接待我的是两位着军装、戴眼镜的教官。他们也是欢迎我去，说学院正缺教英语，尤其是能把关的教师。我去了可以得到营级待遇，授中尉衔。我听了正高兴，他们诚恳地说："不过，我劝你不要来，这不是你们（说的是你们）知识分子待的地方。我们教几何（不是我的同行），在台上讲，两点之间可以连一条直线，而且只能连一条直线。教室后面听课的军代表立刻站起来批评说，'不对，我们打枪都是讲三点一线。你为什么说两点一线？'"

受了几番挫折后，我去过武汉外国语学校试一试运气。武汉外国语学校是中等专科学校，从大学往中学调，这是退而求其次，我想只要不离开武汉就可以。对这小小的请求，命运仍然摇头。真叫人沮丧。

在找出路联系调走的这期间，我的恩师李华矩教授找院长谈，要院里与系里谈，挽留我。有年轻同事说，你不要走，跟他们闹。有的劝我忍一口气，不要走。下一批就轮到我提副教授，轮到派我出国学习。有忠厚长者告诫我，调动非小事，得看准了。就像泥地行走，踏出第一步前，须看好第二步。

这期间，我整天感觉喉头不舒服，说不清是发胀还是紧缩，像是有东西梗住。我用手抚顺，告诫自己，千万不要得癌症，那样会被人笑话的。

这期间，我在待走状态，已经没有安排我正式的工作，对于周围一切我只是局外人。我很清闲，却无法进行工作——为公的或为私的工作。我无法思考，脑筋里重复着无意义的话：不该这样对我。生活让我得出一个结论：世界上好人比坏人多，坏人比好人厉害。

受了打击，不会挣扎，只会发出无用的哀叹歌哭，这是中国千古文人的通病，无数传世美文诗篇就是这样产生的。实际上我受的打击真的是微不足道，我后来明白，这是命运推我走，不走不行，而且不离开武汉不行。命运唤我奔向远方。

这期间，我不知道，距离武汉千里之遥的南方边陲小镇在发生天翻地覆的变化。这变化要改变我的命运。如果我说我的命运由那颗在我诞生的时刻照耀我的星辰决定了，你可能不相信。如果我说我的命运在1840年就决定了，你可能不相信。如果我说我的命运在1911年就决定了，你可能不相信。如果我说我的命运在1937年就决定了，你可能不相信。如果我说我的命运在1949年就决定了，你可能不相信。如果我说我的命运在1976年就决定了，你可能不相信。事实是1984年，在我走投无路的时候，命运说，你去深圳吧，去吧，发生一点小事，就是为了让你不得不走，就是为了让学校顺利放行。想通了你就不要怨天尤人，只怨你的命吧。于是我就去了。如果我说那一年我的命运改变了，你会相信的。

那天晚上，我去中文系教授周乐群家闲聊。我们碰巧住在同一栋教工宿舍的同一门洞，不是这原因我那天也不会去，也就不会发生调来深圳的事。我落座只一会，他的邻居来叫他去接电话。那时候，曾任系主任的他，家中没有装电话。电话普及到武汉的家庭是1990年以后的事。他接完电话回来告诉我，电话是他在深圳的一个朋友打来的，说是深圳招聘组到了武汉。如果他想调去深圳，赶快去联系。他那时也正是不如意，在找出路。他说想去找深圳招聘组看看情况，只是不知道他们在什么地方落脚设点。真是太凑巧了，我那天白天刚听朋友说，深圳招聘组住在汉口花桥旅社。周乐群说他不认识汉口的路。我向他详细说明乘哪路公交车转哪路，下车后步行多远过马路，他还是不清楚，我只好自告奋勇说我可以带他去。

次日，我陪周乐群来到位于汉口解放公园路的花桥旅社，深圳招聘组下榻办公的地点。深圳于1980年8月建立经济特区，发展很快，亟需大量建设人才，市政府就派出招聘组到全国各地聘请。由于广东省经济发展快，吸引大量人才涌去，一时出现"孔雀东南飞"现象。招聘组到了武汉，是武汉一时传播的热门新闻，所以我才有可能听朋友谈及。在招聘组办公室内，我看到来应聘的人很多，几个接待室都站满了人，情况就像医院门诊一样，医生与一个人谈，围了很多人听。见了招聘组的人，周乐群受到热情接待，招聘组的人员给一张表让他填了以后，就与他介绍情况。那人说的是些什么，我不太在意。我没有意识到我的转机就在于此。然而听到他说深圳将给应聘去的人月薪300元，住房三房一厅，我就动心了，福至心灵，当即要了张表来填。我正是迫不及待地要找地方去，这么好的机会能不抓住吗？仅仅说月薪300元就是难以抗拒的诱惑。我当时是讲师，月薪为87元，加上所有的奖金补贴每月收入不足百元。那时候1斤大米1角2分钱，1斤白菜3分钱，1元钱就算大数目。每天数着几角几分，紧紧巴巴地过，每月等到发薪能接得上气就不错了。

与我接谈的是张祖武老师。他说看了我填的表，我符合条件，即应聘的人如果是有中等职称的，必须是45岁以下。仔细听我介绍了我的情况以后，他很满意，让我过几天带妻子来再谈一次。第二天我就按约定去了，这次接谈的人增加了宋尚忠主任。他们当场拍板要了。直截了当，不打官腔，那时我就体会到了以后国内盛传的"深圳速度"。后来到深圳我才知道把我招聘去的这二位与我同一学院，张祖武也是教英语的，宋尚忠是院办公室主任。

不该你去的地方，撞破脑袋也进不去，该你去的地方会为你敞开大门，这与那个地方是好是坏无关。我6月份联系，8月份接到调令，9月份就举家南迁了。多年以来凡事屡屡碰壁，我感到没有什么事情像这事这么顺利，而且是这么大的事。

真的是峰回路转，否极泰来。万事皆有机缘巧合。若是不受打击我不会有走的念头，我就走不了。若是学校不是事先就已经放了我，我还要提出申请调动，还不知道能否批准，我也走不了。若是深圳招聘组不来到武汉，我也走不了。若是那天周教授接电话时，我不在他家，错过机会，我也走不了。

若不是那天白天听到朋友说有关招聘组的信息，我不能带周教授去，我也走不了。若是得到信息迟了几天，招聘人数已经满了，我也走不了。调动成功，出走武汉，需要这么多的机缘巧合，能不能说这就是命运的安排？

然而，我不能说一切归诸命运，人只是受命运裹挟滚滚前行，因为个人的努力是决定命运的重要因素之一。如果我不是平日勤奋，具备条件，招聘组不会理睬我，机会将擦肩而过。机会只眷顾有准备的人。

接到调令，已经是板上钉钉，不会有变故，心里踏实了，我就忙着办理调动手续和搬迁杂务。须带走的东西要包装，带不走的得抛弃。书籍基本上都带了。舍不得丢的有《翻译通讯》杂志几十本，从创刊号一直订有。还有几个笔记本和几扎记录学习翻译的心得的卡片。我当时教四年级翻译课，正在积累资料，准备写翻译学著作。那时候国内还缺乏正规的翻译教程。在原系里教学期间，我写的论文在《外语教学与研究》杂志上发表了，翻译的新西兰短篇小说《丝绸》登载在《世界文学》杂志上。这可以证明我有能力编写英汉翻译教程。我把这些笔记本、卡片和杂志带到了深圳，打算以后继续做我喜爱的事，可是后来由于生活忙乱，无法安定心思做学问，这项雄伟计划就此夭折。翻译方面的书籍送给了教翻译课的同事，我只保留了一些卡片，现在看着这些体现我当年一丝不苟做学问的卡片，我没有太多的遗憾。命运叫我走上了另一条道路。去深圳后，我除了教课，英语方面其他工作就基本不做了。

离开武汉前，我挨家去辞别亲友。大家都安慰我，鼓励我。我的三姑母戏言："你去广东当一世祖了。"这是说，我此去广东扎根繁衍，传下余姓一支。将来修的族谱中，列我为广东开宗一世祖太公。三姑母一眼前瞻数百年，然后从后世看前世。天啊，真是"天地曾不能以一瞬"。

临行前，我带14岁的儿子登蛇山、龟山，俯瞰滚滚长江穿过人烟浩繁的三镇，告别武汉。（我女儿在华师一附中上高一，暂时不随我们去深圳，得在学校上课，不能来。）想到这是我祖辈世代生活的地方，我的一姊一妹二位兄长和他们的家人仍然住在这里，我的至亲好友住在这里，我得把他们都抛下，对于他们，我仿佛将从此消失，不存在了，我真的感到连根拔除之痛。

填表应聘是当场未经深思熟虑的决定，当时我对深圳一无所知，除了月薪300元的承诺。虽然走是定了的，我还可以有别的选择，不一定是去深圳。听说我将去深圳，有的人说深圳好，能去很幸运。有的人说深圳不怎么样，就那么几条破街道。前途未卜，我心里七上八下。后来我不多想，对自己说，"定了就定了，走！""此处不留爷，自有留爷处。""哪里黄土不埋人？"很多存身不住，不得不另谋出路的人都这样把一腔悲愤化作洒脱的言辞。

系里为我开了欢送会，由新升为系主任的李华矩教授主持。他致辞说，"系里比他英文好的教师可能有，像他这样英文好中文也好的找不出来。"

对同事的殷殷嘱咐，我致答谢："在武汉的气候下成长的人，别处什么天气都能承受。走过这个学校的山头的人，到哪里都如履平地。请大家放心。"

武汉的天气冷热极端，而且变化激烈。8月底酷暑炎热，穿单衣薄衫都嫌不散热，恨不得扒皮。9月上旬北方一场冷空气南下，立即成了秋天，长衣长裤抵不住寒风的侵袭。

在瑟瑟秋风里，去武昌火车站给我送行的有许绪源教授卢兆俊教授夫妇，还有张国修、但汉源、李圣重和江熟熹。许老师曾经是我的老师，后来我毕业留校教书，我们就成了同事。他们夫妇两人毕业于中山大学，识讲白话。"夯八郎""莫几豆""洒洒碎""蒙擦擦"是先从他们口中听到的。他们安慰我说去广东没有什么不好。在我离开后不久，他们调去了武汉市的另一所大学，前些年先后以高龄逝世。他们的孤星，40余岁的人了，送走了母亲后，只身去了福建某大学任教，一天也不愿意在原校多留。张、但、李、江4人先与我是同学，后来是同事。后来但汉源调去了江门五邑大学，在该校曾任英文系系主任。送行中另有一人也是调去深圳的，得晚些走。我女儿也来送行。她初中就读华师一附中，11岁开始住校。我走那年她刚考取华师一附中高中，因为我们没有在深圳安顿下来，就把她先留在武汉，托了亲友照顾。

欲行不行，送别中很平常的一幕。我上车，找铺位，把行李放在架上，回头到车窗与亲友挥手告别。一切都平常，我什么也没有想，情绪根本一点也不激动，没有生离死别的感伤，"我一点也不知道悲伤"（电影《流浪者》歌词）。可是——

哐当！列车启动，车身剧烈地前后一抖动，我随之一晃。"哇"，我失声痛哭，眼泪夺眶而出。我感到恐慌，羞愧。怎么会这样？我没有要哭，我没有想到哭，怎么会哭了出来？我怎么会崩溃？不像个男子汉。我大口大口地吸气，压住抽搐。我用力眨眼憋回眼泪。我仰望窗外，背对同车厢的乘客，不让人见到我的狼狈样子。那些人坐在下铺说话，尽量不看我。

回想起来，我一生中像这样严重失控有两次。这是一次，另一次是在我有生以来首次领到薪金时。在办公室从系秘书手中领取工资时我很平静，甚至是有一丝高兴。到家里我拿出 20 元交给母亲，感觉我是成人，有能力养家了。我拿出 10 元给妹妹，她还是学生，我可以有能力帮助她，感觉一丝豪爽。可是——

我回头一数手中剩下的十来张纸，"哇"的一声哭了。我没有想到要哭，也没有哭的理由。我又不是不知道我的工资会是多少。开始工作的那天我就知道我在试用期的月薪是 43.5 元，工作一年以后转正，每月可以有 53 元。这在当时的年轻人中算是高的，年轻工人的月薪只有 30 元左右。领取工资的时候我还是很高兴的，回家的一路上也是平静的，把部分钱给母亲时我还是平静的，为什么会突然失控崩溃？

一旦哭出来，我就继续哭，伤心地哭。母亲和妹妹感到意外，她们从来没有见我哭过，这次是怎么了？母亲劝解我说，这钱先放在她那里，她不会花去的，我需要时再给我。我知道我不是为这哭，也不解释，因为我也不知道我为什么会哭出来。我那时是 22 岁。一般人首次领到工资都会高兴，为什么唯独我会哭？

我们9月11号离开武汉，12号到广州，13号再乘火车去深圳。那时候没有从武汉到深圳的直达车。这样安排日程是因为据说15号前去单位报到可以领全月的工资，16号以后就只能领半月的工资。

这里插句话。从广州到深圳乘的短途硬座。在车上，我首次得到与内地不同的感受。第一感觉就是广东人有钱。不说车厢里穿金戴银的人，即使衣着平常之辈，口袋鼓囊囊地掏出来都是港币。那看似不起眼的衣服，我后来才知道是名牌。这还不是主要的，使我惊异的是周围人的神态自如，面部表情是无忧无虑，悠然自得。那不是一个人初始成功，小有成就显露出的喜悦，似乎是已经早就超越那个阶段的人具有的平静。而昨天在内地火车上见到的人有的是愁眉深锁，有的是满面春风，有的是肌肉紧绷。从武汉到广州和从广州到深圳的两段路给我的印象对比强烈，这是我到北京、上海、长沙那些地方都没有的感觉。说我到了异国他乡也许太过分，但是可以说我感觉是到了一个新地方。

可气的是到了深圳，安排了住地以后，我去火车站取回托运的家具。我雇佣的那搬运小工鄙夷地说，这些家具带来干什么，应该丢在内地，在这里买新的。我反驳说，你要知道，那些家具是好好的，我费了很大的工夫包装，千里迢迢运来，我们要用的。然而后来真的是应验了他的话，过了几年这些家具就被淘汰了。我当时不知道，这些打工仔的收入比我们工资的收入高多了。

报到以后，我接受学校安排工作，慢慢安顿下来。到了这我后半辈子安身立命的地方，我子孙后代将要生息繁衍的地方，我感受着深圳的生活。不久我就得出结论，深圳没有让我失望。我的调动不会被人笑话。我不感觉是个像苏东坡一样的逐臣。我想到了被贬谪到惠州的苏东坡，因为深圳市是由宝安县改建的，而宝安以前曾经是属惠州管辖。

苏东坡被贬到这里似乎不感到沮丧，还觉得生活很惬意。他高唱，"日啖荔枝三百颗，不辞长作岭南人。"这无疑是说，你把我贬到这岭南，又怎样？我不在乎，生活得蛮好。朝廷知道他这么个态度，很气恼，把他贬往更远的蛮荒之地——海南儋州。他却愈挫愈勇。后来总结一生，他写下《自题金山画像》："心似已灰之木，身如不系之舟。问汝平生功业，黄州惠州儋州。"他昂起头说，我的心已经灰了，什么都不求。我是个不系之舟，你爱把我贬到哪里都无所谓。你打不垮我，在黄州、惠州、儋州，我都做出了功业。

深圳 1979 年 3 月由宝安县改为深圳市，1980 年 8 月 26 日才被批准设置经济特区，我来的时候，它从一个小镇起步不久，显得规模不大。市区东面到东湖水库，西面出上海宾馆所在的华富路就是泥土路，直到南山蛇口才又见城市。我初来时住在市区，邻近的老街现在是热闹的步行街，那时只有几条小街，是一个南方小镇模样。深圳火车站比湖北县城的火车站都寒酸。即使是那个模样，我仍然感觉深圳比武汉好。

这里气候不比武汉差。武汉是著名的火炉，由于湖泊多，空气中水蒸气含量大，夏天又热又闷。深圳没有那么热，直射的阳光猛烈，烤得人受不了，可是一站到荫地方就不感觉热。真正热的时候是中午，到下午 4 点钟以后海风就送来阵阵凉风，晚上躺在床上可以不出汗。冬天没有霜雪，温暖如春，四季花开。这里的物价不贵。老百姓生活必需的柴米油盐的价格与内地的一样。鱼比鱼米之乡的武汉更便宜。蔬菜生长快，自然售价低，如番茄只 5 分钱一斤，我看到有人用麻袋装了上火车运去北方。衣食住行开支不高，我们每月工资有一半结余。

深圳背靠丘陵，面向大海，环境优美。北上百余公里到广州，南接香港，西面珠江口的对岸是珠海，都是繁华之地。近代以来，广东是开风气之先的地方，改革开放以后更是有了很多新观念，新风气。这是我们从内地初来的人都可以感受到的。当时所说的"深圳效率""特事特办"是市里施政作风的特点，使得我们普通老百姓工作和生活很方便。还有一个重要方面，我来广东定居，成了广东人，这里的人好不好当然很重要。各个地域的人有各个不同的性格。我感觉广东人比武汉人热情，开朗，有礼貌，保留的古风较多。这让我比较高兴。

我要把来深圳的定居情况，所见所闻告诉关心我的亲友。写信是那时唯一的通讯方式。我要去信的人很多，一封封地抄写将不胜其烦。我于是向学校办公室借来钢板用蜡纸刻写，整整刻有7张半蜡纸，然后油印寄出。亲友们读了信都说，树挪死，人挪活。他走对了。后来，1990年，我写的电视剧获奖，在全国播放。我又在深圳电视台制作的电视剧《法人代表》里扮演工商局一个处长，扮演局长的是当时深圳电视台的祝希娟。她是知名影星，第一届百花奖得主。内地亲友看到了更是为我高兴。能够让关心自己的亲友放心和赞许就表示一个人过得不算差。

　　那年调来深圳的人多，现有的住房不够，我们住过教室、招待所。一年以后，圆岭住宅区建成，拨了一些套房给我们学校安排教职工。那是周转房，三室一厅得住三人，带了自己的家属。就是说那里面得挤进去三户人家，还要堆放每家不少的家具衣箱。三家人共用一个厨房，一个卫生间。后来下步庙住宅区建成，搬了一些人过去，大家才分配到固定的住房。我留在圆岭原来那套房里没有走。那是面积93平方米的一套复式楼，同事们开玩笑说，楼上楼下，电灯电话，这就是现代化了。

　　我有了固定住房就把母亲接了来。她老人家开始很喜欢，尤其是喜欢这里冬季温暖的气候。住了一段时间后，她感到孤独寂寞，因为这里的人住进楼房就闭门闭户，互相不来往。这是现代城市高楼的通病，现在武汉也一样。她就回武汉住。她老人家在武汉生活了一辈子，只在深圳过了一个冬天，回去就觉得武汉冬天冻得受不了，于是又回来深圳，一直住到高龄无疾而终。我女儿转学来深圳，上深圳中学，后来考上武汉大学又回去武汉，毕业后到深圳中国人民银行工作。

　　我的住房是三室两厅，还是楼上楼下的复式楼。有一段时间，楼下的那间房经常作为客房，安排到深圳来找工作的亲友临时住。后来，有的人得到工作，调来深圳，暂时没有住房，户口迁来也落在我家。最多时我的户口簿上有十余人。那时候很多深圳人家都有这样的经历。

来深圳的人可以大体上分为这三类：一类人是有本事，来创业的；一类人是在原地待不住，来找出路的，我就是其中之一；一类人是还乡团，在全国各地工作的广东人，乡愁难耐，趁机回来的。而在当地只要是可以过得去的人就不会来。我来深圳的次年就作为深圳招聘组成员去北京招聘。有一个人来应聘，先是什么都谈妥了，后来因为舍不得北京的户口就决定不动了。另外有个人被成功聘用，档案都为他转到深圳，后来他变卦，仅仅因为他单位给他升了职称，分了一套房，他就满足了，安下心不来深圳，要我帮他把档案转回去。以后不到半年他来深圳找我，要我再帮他调到深圳来。这是因为他来深圳看到他的亲戚花钱如流水，很羡慕。招聘工作结束后我回了原单位，已经没有权力。我仍然帮他跑了几个单位联系，都没有成功。正是过了这个村就没有这个店。

刚到深圳的人受到改革开放政策的鼓舞，都想施展拳脚，闯出一片天地。我也蠢蠢欲动，想办一份翻译文学杂志。我联络了活动能力强的人一同筹办，可是后来没有成功。深圳确实给人很大的发展空间，我见到很多辉煌的成功事例，从政从商务工等各方面的都有。我甚至见到帮我家装修的打工仔成了老板，因为那几年深圳发展迅猛，建房多，装修工作多，给了他机会。

深圳不是世外桃源。初到深圳这全新的地方，把所有的恩恩怨怨抛在内地，大家想着工作生活，安居乐业，没有矛盾，互相尊重，感到很舒畅。可是过不了几年，人的劣根性就暴露出来了。一些人由于利害关系形成了派系。跟定一派就获得那一派人的支持，哪一派都不跟就没有人支持。我们系办公室里中间放着一张大条桌，开会时活跃的人围着桌子坐。人微言轻的人，年轻教师，少言寡语的人常常不靠桌子坐。我的宝座是靠墙的沙发，坐着舒服还不惹人注意。

这个系只有二三十位教师，其中主持大事、有影响力的只五六个人。平时大家客客气气，而当碰到与利益有关的事产生矛盾，没有以往老同学、老同事的情谊，没有师生情面，可以立即翻脸。别看这些人是教师，五十岁上下的人了，争吵起来面红耳赤，唾沫横飞，是我在内地原来学校也没有见到过的。幸亏系办公室与教室不在一层楼，没有学生看见。他们所争的是奖金如何分配，课时费如何计算，毫厘不让，锱铢必较。我抱定置身事外，不涉足是非，没有与人产生矛盾，当然，也没有交往密切的人。

听老于世道的人说，一个人四十岁以后就交不到朋友了。这可能是经验之谈。我把亲友同学都留在武汉，只身来到岭南，又不擅长交际，与人说不上话，交不上朋友，感受可想而知。我常常哼唱，"我和任何人都没来往，都没来往。活在人间举目无亲，和任何人都没来往。好比星辰迷茫在那黑暗当中。"来深圳有利有弊，无可奈何。除了做好我的本职工作，我不太管系里的事情。生活中我有我的活动，实际上可以说是丰富多彩的活动，是留在内地不可能有的活动，甚至是成就我一生事业的活动。我不仅无怨无悔，而且感谢命运的安排。

在新校的教学工作中，我教过泛读，作文和教学法。泛读课没有合适的教材，我自己选编，加生词表和注释，内容尽量配合精读课，扩大阅读量和知识面。教作文课辛苦之处不在于授课，而在于批改学生作文。那真是令人头疼。批改一篇作文要把本子推到一边好几次才能耐着性子完成。真是想推倒学生的作文，由我帮他写一篇还轻松多了，可就是不能那么做。有一年一个美国教师来工作，还是个博士，我赶紧与系里说让他教作文，他的语感比我们好，会胜任的。后来他教得不好，学生不接受他，工作还是落在我头上。

社会上普遍迷信外籍教师，认为"水管里流出来的是水，血管里流出来的是血"。他们开口就是地道的英语，中国人说的是中国式英语。很多幼儿园、培训班以请有外籍教师招揽生源。其实来中国的外籍教师大多数学无专长，不懂教学法，教不好书。在大学里，外籍教师只能教低年级口语课，高年级课程都是本国人讲授。

深圳市外国语学会成立，我任人才培训部副部长，曾办了一期培训班。那一期勉强办成了，我嫌琐碎事多，不想再继续办。看到深圳，乃至全国的英语培训开展得轰轰烈烈，我只有自叹无能。有了平台都做不成事情。那么早来深圳是白来了，换一个人来毫无疑问早已经是风生水起。

周乐群教授同我联袂南来，在深圳安居乐业。他的夫人陈道林教授是全国知名的儿童文学研究专家。1991 年她主持开展学术活动，邀请我参加。会上动员与会的人创作儿童文学作品。我一时兴发，写了一部五幕童话歌舞剧《人参姑娘》。这是以人参为题材，宗旨是宣传环境保护的。我很早就有环境保护意识。我带着剧本找到武汉市儿童艺术剧院。剧院的领导看了都予以肯定，说可以排演，但是，这将不是剧院计划内的项目，文化局没有预算，不会拨款，需要筹款，也就是让作者自己想办法。剧院开了证明委托我到深圳筹款，只要有 5 万元就可以排演。

那时候 5 万元是多大一笔款子，现在想来难以说清楚。我那时的工资只是 500 元。这样还是不能说明问题，只说现在要组织一台歌舞剧演出非千万元办不成就可以有个大致概念。我找了几个单位都是白跑。后来有人介绍我与曾达认识，我把项目委托他去办。他确实活动能力强，头脑灵活，把事情办成了。不过不是歌舞剧的上演，而是成立了深圳市环境保护促进会。他利用我那剧本是宣传环境保护的主题，找了些从事环境保护工作的人，建立了关系，把思路一转，就成立了这个促进会。俗话说，种瓜得瓜，种豆得豆，聪明人却可以种豆得瓜。

促进会里推举我当了会长，曾达任秘书长。我只是挂名，一切事务工作都是曾达办，我与他的关系，相当于某些国家的国王与首相。现在查可以知道，我们那促进会是全国第一家民间环境保护组织。促进会在荔枝公园中的一个院子里有间办公室，像模像样的。我们开展了很多工作，主要是宣传环境保护。我们曾与香港环保组织联合开展活动，还去了香港举办新闻发布会。出席会议的有很多文艺界名人，如郑裕玲（嘟嘟），胡慧中等。成龙受聘担任环保宣传大使。我们在几个地方组织了文艺演出，在海南岛的那次有罗文献唱。

办了没几年，环保促进会由于得不到支持，停止活动，自动解散，烟消火熄。对此我不感到十分可惜，尽管那是我平生唯一一次当官，说话有人听，但是我不擅于社会活动，起不了作用，在会里也没有做什么实事。

美国诗人罗伯特·弗洛斯特写有一首诗，*The Road Not Taken*（《未走的路》），说的是一个人在森林中遇到歧路。走这一条路就见不到另一条路上的风景。走另一条路就见不到这一条路上的风景。诗很浅显，以林中歧路比喻人生道路。想来我的遇合类似此诗比喻。我如果留在武汉，会有遇合提供我机会。我到了深圳，就有不同的遇合提供不同的机会。互相不能取代。以下的事情就是例证。

我女儿从武汉大学毕业后到深圳工作。她想去美国留学，经过积极准备，考试托福通过了，然后回到武汉她出生的医院开了出生证明，到武汉大学开了学业记录，她以前的教授写了推荐信，她还做了体格检查。一切手续办理以后却发现还有一个不可逾越的难关，即那时去美国留学需要有美国人提供经济担保出具证明。我们在美国没有亲戚，即使有亲戚，一般也不愿意提供担保。这倒不是真的是否要他经济上供给，而是提供经济担保必须公布财产，这是一般人都不情愿的。正当我们一筹莫展之际，救星出现了。

我们大学同学中有好几个人在广州生活，我到深圳后经常去广州与他们聚会。1992 年 3 月的一天，陈子水打电话来约我去他家，原因是在美国工作的张福清回国述职，要见同学们。张福清那时担任广东省对外贸易促进会的副会长兼秘书长，被派往美国洛杉矶他们贸易促进会投资的一个项目当董事长已经有两年了。他与我为莫逆之交，一进大学我们就好上了。我们在一起谈文学，谈人生，无所不谈。有时候没有什么谈的，会毫无原因地相对大笑不止。有一次他和我去东湖游泳，归途遇到暴雨，二人淋得像落汤鸡，仍然无所谓，说说笑笑，漫步而归。年轻时就是这么豪爽。阔别多年，难得一见，我当然很高兴地去了。

陈子水召集了好几位同学和张福清见面，大家交谈甚为欢洽。张福清李秀玉夫妇谈了他们在美国的工作情况。为把那个项目稳定下来，并且扭亏为盈，他们付出了很大精力。张福清说他坚决不做损公肥私的事情，不要留任何污点。他不要留在美国，也不送他的孩子出去。他只想回国有个安稳的枕头睡觉就好。他真是很讲同学友谊的好人，主动提出他愿意趁还在美国的时候帮同学们做点事，大家有什么事情可以向他提出。陈子水说，他儿媳妇想去美国读书。我说了女儿想留学遇到的困难。张福清夫妇都答应尽力帮忙。在他们的帮助下，陈子水的儿媳妇去了美国读书，后来儿子也去了，现在儿子一家人在美国定居。

张福清夫妇成功地帮我女儿找到美国人做我女儿留学时的经济担保人。这事情说起来简单，其实很复杂，为办理此事他们俩还推迟了回国时间。我对此一直感激在心，因为他们帮助安排了我女儿的留学，成为决定她一生走向的大事，更因为他们真心把我当朋友。

我女儿一切赴美手续办好后又还有困难，她的机票费，以及到美国后的学费，生活费需要一大笔钱，我们凑不齐。那时我表弟在深圳，我找他开口借 5000 美元，他毫不迟疑地借与我了。当然这是因为我们是嫡亲的姑舅老表，没有说的，也是因为我在深圳，他在深圳，如果我还是在武汉就遇不到他，那又是另一回事了。我这说的是到深圳后的机遇。

上面那首诗说两条路的风景不同，有差异，其中一条会美过另一条。拿人生道路来说，机缘巧合，风云际会，我在深圳的机遇就比在武汉的大，而且可以说是在武汉不能有的。另一个事例是，前两年我在《电影文学》杂志上发表了两个剧本，《西部情歌王》和《错魂记》，一直想把它们搬上银幕。《西部情歌王》是写王洛宾歌曲创作的，我为筹备影片拍摄还联系上了王洛宾的儿子王海成。《错魂记》是改编自小说《三侠五义》一个情节的喜剧。2014 年里，一年老似一年的岁月给我增添紧迫感，我决心一定要尽全力实现理想。即便砸锅卖铁，撞得头破血流，我也要试一试。我想，即使失败，也是曾经努力过，不会将来想到当初应该拼一拼，说不定还可能成功，而有无尽的懊悔。我在武汉一个高端社区租了一套房作写字间，联络人投资，结果是三个月无功而返。

年底回到深圳就碰到机遇。说是机遇，真是机遇。深圳市市长青诗社的会址设在荔枝公园中央的荔香亭二楼，社长陶涛是深圳大学中文系教授，汉诗造诣极深，我从他学习诗词写作。那天我去诗社见他，他说有个深圳的诗人来过刚才离开，名叫祁念曾。我惊喜地说，哎呀，他是我的老朋友。我因为退休后常住武汉，与他失去联系。我当即要了祁的手机号，打电话约他见面。

次日我二人在宁波酒家见面，各自讲了这几年的生活。我把我写了电影剧本，想拍电影，苦无资金，无人支持的事情告诉他，他立即应承帮我。他回去就联系了石总。石总那几天在广州办事，知道我将回武汉，专程从广州过来见我，下午来，在香蜜湖共进晚餐后又回去广州。那时候他还没有读到我的剧本，还不知道我的剧本是不是那么回事。他就是如此信任祁念曾。这是二月份的事情，四月份石总就来武汉找我。我们在汉口沿江大道一间名叫江上吟的茶室里谈了几个小时，把合作拍摄的合同签了。

起初授权打算拍摄的是《西部情歌王》，出现一些人为障碍没有能够实施。我与石总聊天时曾经说到我在写关于文天祥的故事，并且讲了一些情节，引起他的兴趣。他说我们先来做这个电影吧，让我先整个剧本出来。由于我早就在写这小说，整个故事情节都成竹在胸，写个电影剧本只是结构整合的工作，一个多月后我就交了卷，他读了很满意。后来剧本在《中国作家》杂志上发表了，石总组织了一个剧本研讨会，我按照会上提的意见进行了修改完善，于是电影《文天祥》的拍摄开始筹备启动。可喜的是电影拍摄已经获得国家广电总局批准。国家广电总局 2016 年 12 月 13 日的备案公示可以在网上查到，影剧备字 2016 第 5905 号就是授予电影《文天祥》的。

创作电影剧本《文天祥》的起因是由我拜谒宋少帝陵触发的。远离深圳繁华热闹的市中心，在赤湾安静的一隅，背托青青的小南山，面临浩瀚的伶仃洋，一座陵墓在那里躺了 700 余年。很多人不知道，即使在深圳居住多年的人很多也不知道，这是宋少帝陵墓，是中国历史上一个重大事件的见证。

也许是冥冥之中，宋少帝要我来，写下他悲壮的命运。也许是我的命运为此安排我来深圳。没有来到深圳，没有机会见到宋少帝陵，我决不会起心写电影剧本《文天祥》。其中的曲曲折折将在《泛若不系之舟》一节详细说。

我的美梦不仅是电影《文天祥》的成功，而是更多的成就。希望我的其他作品能够借此势头得到推出。但愿这不是痴心妄想，而是能够美梦成真。那么，我一生的辛苦就没有白费，我一生的烦恼就不值一提。此生可算没有虚度。

啊，我的星辰，我常常仰望神秘莫测的夜空寻找你，向你默默地诉说我的欢乐和痛苦。既然你告诉我一切都是命运，我就顺从你的安排，"乐夫天命复奚疑"。

故国不堪回首月明中

月光清纯，不容亵渎。正如美酒香花不容腥臭熏染。

后主，您说"归时休放烛花红，待踏马蹄清夜月"是深明此理。这一句与张九龄《望月怀远》一诗中的"灭烛怜光满"具有同样的雅致。可是这只是赏月，你在国家败亡、被掳至北方后，才把月亮当作故友，对明月倾诉你对故国的思念。李白一直是把明月当作知音朋友。他饮酒时"举杯邀明月"，对着自己的身影就有了三个人，又歌又舞，毫不寂寞。

月光似水。挥洒下来，笼罩大地，使爱月之人觉得受到浸润，变得柔情似水，去掉了烟火气。流浪中的杜甫怀念生活在鄜州的娇妻，悬想她沐浴在月光中应该是"香雾云鬟湿，清辉玉臂寒"。

月光照彻身心。"素月分辉，银河共影，表里俱澄澈。"爱月之人像月光一样澄澈，表里如一。

月亮神圣，与太阳并称两仪，君临天下，主宰世人命运，受到人们膜拜。

月亮神秘。古人看到月亮阴晴圆缺，认为神秘莫测，产生很多疑问。其中最伟大的问题是，"江畔何人初见月，江月何年初照人"，直接问到宇宙起源。诗人可能以为月与人同时出现，甚至是先有人后有月。请原谅古人，古人智慧不亚于我们，可是不如我们学识渊博。李白听他这么问，也问月亮是什么时候诞生的，"青天有月来几时，我今停杯一问之"。苏东坡更是亦步亦趋地问，"明月几时有，把酒问青天"。

古人咏月的诗句都很美，可是不及我儿时听到的儿歌"月亮走，我也走"

让我动情，我感到月亮与我相伴相随，不离不弃。虽然李白也懂得说"人攀明月不可得，月行却与人相随"，可是太着意了，不及这儿歌平易中见亲切。

我是四岁大的时候，在万县听德姐——我的大姐，我们都是带名字叫哥哥姐姐的——给我唱的这儿歌。抗战时期我们家在万县郊区的山坡上租住一套带有前后院落的砖瓦平房。一天晚上我们回家，走在田野路上。皓月当空，四野寂静。我见到农舍的黑影留在后面，灌木丛留在后面，路旁庄稼留在后面，唯有晴空中一轮明月跟随着我们一同前行。我感到很奇异，为什么月亮能够行走，一直跟随我们，是那么清澈明亮，似乎还笑意盈盈。突然的发现使我兴奋。"月亮在跟着我们走！"

德姐牵着我的手唱："月亮走，我也走。我跟月亮吃巴斗。"兄长姐姐们都唱："月亮走，我也走。"我们无忧无虑的，好快乐。（注：德姐读了此文说，"不是吃巴斗，是提巴斗。巴斗可能是竹子编的篮子"。儿时误听误记，不懂意思也记了几十年。一笑。）

那晚月亮又大又圆，流光溢彩，笑意盈盈，洒下清澈月光，照得四野如同白昼，而不似白昼耀眼。月光如水，洗涤出清凉宁静世界。现在每当看到月亮从森林缝中挤出的苍白破碎的脸，我好悲伤。这不是我的月亮。我到处寻找我的月亮，我那万县的月亮，那跟随我，不离不弃的月亮，但是找不到了。现在万县改名为万州，因为三峡水库蓄水而部分拆毁，向高处发展新城。我怀念的故国万县永远消失了。时光流逝，我的兄长姐妹也已经"辞根散作九秋蓬"。往日追不回。

我在万州度过童年，而我们家本来生活在武汉，是抗日战争中1937年逃难去到重庆的。我出生于重庆朝天门旁的储奇门。为了纪念我的出生地，也为了纪念逃难的经历，上人赐予我的名字是"渝"。我的同龄人中很多名字带"渝"的，都是有战乱中在重庆出生的同样经历。这流浪的记忆将伴随我们一生。我们把重庆当作第二故乡怀念。如果户籍制度改革，个人信息不登记籍贯而登记出生地，那么我们都是重庆人。去年我突发异想，如果大喊一声"渝生"，全国会有多少人答应，因此写了一首诗：

致渝生

2015 年 12 月 28 日

吉星何事要临凡，逃难家庭添负担。
嘉陵江水浣襁褓，峨眉山月照摇篮。
双亲怀里获庇护，警报声中得梦酣。
川橘醪糟担担面，童年混沌苦亦甘。

后来因为日军轰炸频繁，我们家搬到南岸施家河。现在这地名已经消失了，我问遇到的重庆人，他们都不知道有这么个地方。

我记忆中最早的片断就锁定在施家河。因为我的家庭在我一岁半的时候离开施家河搬去了万州，而我记得的事情发生的背景是施家河，所以可以推定我最早的记忆产生于我一岁半之前。据有人研究说儿童的记忆产生于 3 岁左右，此前没有记忆。而有的人争辩说，自己记得一岁时的事情，甚至有人说自己 4 个月大的事情都能记得。我以我的事例证明，儿童记事早迟不同，因人而异，而一岁半时是可以有记忆的。

我们家在施家河租住的是长江边的一座吊脚楼。我从楼板的缝隙里可以看到满布碎石的滩地。房间里有 4 个人围着桌子打麻将，一个穿长衫，戴眼镜的男人站在一旁观看。这打麻将的信息是以后补充的，那时我不会懂得。德姐说那戴眼镜的人是我们的三姑父。那是个无声的世界，我不记得麻将声和人们的说笑声。声音从记忆中消失了，而画面却依然印象深刻。

门外是从山坡上下来去江边的一条斜路。路旁有木栏杆，栏杆外是斜下去的江滩。我在栏杆旁看春哥——我的二哥——在沙滩上捡石子儿。我不记得是谁牵着我或是抱着我。德姐说那些石子儿很美丽，后来被母亲搜出丢掉，说是会把衣服口袋弄破了。那些美丽的石子儿即使不丢也不可能随我们流浪，一直保留到现在。它们当时能够让一个儿童愉快一阵子也就起到了作用。

那些是在施家河时留下的仅有的记忆，住在万州的事情我就记得比较多了。我的生活可以说是起始于万州，因为那时我从父母的怀抱下到地上，可以直立行走，我有了与人交流的语言能力。

那是1岁半到6岁时的童年，人生的黄金时代。我过着纯真的生活，不掺杂质的生活本身就是快乐。流浪的生活苦，我记不起我有好衣服，我记不起我有玩具，但是我从早到晚都很快乐。陶渊明回忆他儿童时即使没有开心事也是快乐的，"忆我少壮时，无乐自欣豫。"我就是这心态。我没有听到"不要输在起跑线上"的令人沮丧的威胁。我只听到"不要跑，慢慢走。不要没学会走就想跑""不要走远了，当心回不来""慢慢吃，吃饱了再去玩"。

我们不知道有学前教育，没有听说过幼儿园或幼稚园。那时只有很少的大城市才有几间幼稚园，而我们逃难中的儿童，与农村儿童一样，到年龄能上小学就不错了。我们没有学习的任务，整天只知道玩，无知无识。不，我们是在学习，但不是关在教室的狭小空间里学习，而是在天地的大课堂学习。我睁开眼睛看，张大耳朵听，在与人的接触中，在经历的事情中学习，逐渐长了知识。

我一生中许多的"最初"就与万州联系在一起。我记得的第一个梦是噩梦。我们家租住在郊区半山坡上的一个院落里。从前院进来有堂屋。堂屋的左后方就是我们这一房人住的房屋。祖父母和姑母们的住房是从右手进去的几间。房屋采光不好，连白天也是黑黢黢的。晚上点的菜油灯驱不散黑暗，小孩睡觉少不了做噩梦。我记得的第一个梦就是漆黑的空中飞来饼干，方形的，从小到大，像游龙蜿蜒而来，而最后一块大饼干的后面现出一个头发胡须乱糟糟，满脸沟壑的老人头像，怒气冲冲的好吓人。这可能是我白天见到的一个老农的形象，那形象使我害怕，就在潜意识里记住了。

我记得的第一个恐怖的景象是包扎的头。"炸伤人了！"哥哥们往外跑，我也跟上。出了后院上一个斜坡有个红十字医院。在医院里我看到一个年轻男人坐在走廊里的窗下长条凳上，他的头全被白色的纱布缠着，只露出眼部两条细缝和鼻孔，非常吓人。听说是被铳打了的。不知道是村里庆祝过年还是过节，放鞭炮热闹，还放响声很大的铳。铳是铜制或铁制的，一尺高，形状如高脚酒杯，灌进火药，点燃就会爆炸。那次事故就是因为放了头一炮接着往里面灌火药，而铳筒还是热的，立即爆炸了，把那人的面部炸伤。看完回家，那包缠白色纱布、只露出没有眼睛的两个小黑洞的头整天跟随我，挥之不去。晚上在黑屋里我睁大眼睛不能入睡。哥哥说拿一支鸡毛压在胸口就会不怕的。

我记得的第一种花是蚕豆花。此前我可能见到过别种花，但是没有留存印象。我家租住的房屋前就是一大片田，春天里暖阳下的蚕豆花花香醉人。花瓣中心是紫色，边缘是白色，像展翅欲飞的甲壳虫。风一吹过，无数的甲壳虫飞起来，花香更浓郁。姐姐们摘一片叶子用手指轻轻一捋，叶片上下像薄膜般分开了，可以往里面吹气让叶子鼓成球。另外我记得的花就是梅花。一日雪霁，母亲带我们去西山公园看梅花。可能是我那时太矮，不到树的高度，没有欣赏到梅花的色与香，记忆中只留下曾有游园赏梅的雅事。

我记得的第一种鸟是白鹭。此前可能看到过别的鸟，但是没有留存印象。我曾驻足田边看一只白色的鸟觅食，被告知那是白鹭。因此当我读到王维的诗句"漠漠水田飞白鹭"时，就想到插满绿色秧苗的水田里白鹭款款飞行的优雅形象。现在我见到白鹭仍然感到亲切，超过别的鸟。

我记得的第一个美食是年糕蜂蜜包。那是挑担子的人来卖的，一张晶莹柔软的糯米皮，自一小壶倒进蜂蜜，捏合成汤包状，囫囵放入口中，又香又甜又糯又凉爽，真是人间美食，离开万州后就没有再吃到。万州物价低廉，以我们家的拮据经济，川橘却是成袋买回。自己到河边去背，很便宜的。并不称，只一五一十地数。我童年时吃了不少川橘，至今仍认为不管橘子有多少品种，是川橘的味才叫橘子。

我们家困难是因为离乡背井逃难之中没有经济来源而坐吃山空。想想看，一家近20口人在外地生活8年之久，还要加上去重庆，去万州，回武汉的盘缠需要多少钱，需要多大的积蓄才能支撑。我总想计算，按现在的最低生活标准，折合成现在的币值是多少钱，总是算不清。我们家怎么会有那么多人？我得要简单地陈述我的家事。

　　我们家里这么多人从来都是由祖父一人养活的。祖父16岁时独自从蔡甸老家来到汉口，在一家商号当小倌。由于他诚实可靠，学习勤奋，谨言慎行，逐渐升为管账、股东，然后有了自己的事业。他在汉口平街买了地建了很大的房屋，他的子女，也就是我的父亲和3个姑母都留住在家中。父亲母亲带有4个孩子，那时没有我和我妹妹。寡居的大姑母带有二女一子。两位小的姑母尚未成家。另外还有祖父的唯一的姐姐带有一女一子住在一起。

　　祖父的姐夫姓彭，是革命党人。一次他为清兵追捕，逃入我家。祖父让他藏到水缸中，躲过搜查。我想，祖父平时与他姐夫一定是经常交谈，思想一致，同情革命，才能仓促之中临危不惧救下姐夫。他是个做事有担当的人，没有把姐夫推出门外，任何人都知道窝藏革命党人是要杀头坐牢，危及一家的。后来他姐夫还是被捕牺牲，仅仅是在武昌首义成功前夕。祖父把姐姐接到家中一同生活，养老送终，把姐姐的子女视同己出。我的父亲由于健康不佳，只读到中学就在家休养，而祖父把他姐姐的儿子一直培养到大学毕业，参加工作。他姐姐的女儿，我们叫作梅姑妈的，在我们家长大，由祖父主持发嫁，姑父姓汪，后来他们有了四子一女一大家人。

　　一同逃难去重庆的有祖父祖母，大姑妈带二女一子，我的父母带二女二子，后来有了我和我妹妹，二姑母，三姑母，一个老保姆，一个丫头和一个厨师。厨师半途离去。丫头玉芳在万州时嫁人。那起因于二姑母去凉山空军子弟小学教书，认识一个空军军官，后来结了婚。二姑父，按汉阳人的叫法，我们叫作徐叔叔，他的一个同事看中了我们家玉芳，要娶她。我们家就把玉芳算作四女儿，我们小孩子都改口叫她四姑，把她嫁过去了。那军官的妻子在家乡没有跟他来，玉芳嫁过去的条件说好了是两头大，不是小老婆。那时候有很多像这样娶"抗战夫人"的，与电影《一江春水向东流》里反映的差不多。不久那军官的妻子病死，玉芳就成了唯一的夫人，她后来跟丈夫去了台湾。她的命运就如《红楼梦》中的丫头娇杏。

我们叫作瞎子婆婆的老保姆是专门照护大哥颐哥的。颐哥小时候在家中桃花石（即水磨石）的浴缸中滑倒，大腿骨折未得到妥善治疗落下残疾。从那时起瞎子婆婆就来到我们家，随同去重庆，随同回来。回到汉口不久，她就病逝了，据说死的时候吐了蛔虫。那时我们还租房住在球场横街。我们家给她买了棺材发送，当作自家老人一样。出殡很热闹，我看到那棺材头立了一只雄鸡，说是为她的灵魂引路的。

在万州时后期的生活确实很苦。有时候吃的是发霉的糙米——那是凉山作为二姑母工资发放的——还要加入野菜搅和成的羹。一家老小都吃。说是娴姐（二姐）咽不下，只是哭。那情形我真的是不记得。我不记得那逃难生活的苦，也许是因为我们的苦都由大人扛了，也许是因为我们只记得快乐的事情。我的有同样经历的朋友也说流浪快乐。

抗战胜利后，逃难的人纷纷回老家。1946 年我们离开居住 4 年之久的万州回武汉。有一个人同大家一起去，却不能同大家一起回，不得不暂时留下，那就是我的父亲。我们临行时去与他告别。他的棺木暂厝在半山坡，由几块大石板搭成的屋子为其遮风避雨，得等我们回武汉安顿好了再来接他。

我们乘船顺江而下，到宜昌换乘卡车。行李堆放在敞篷的车斗内，人坐在行李上，一路颠簸居然没有掉下。返乡的人很多，路上很拥挤，车行过扬起很大灰尘。姐回忆说，道旁有投降了的日本兵弯腰鞠躬。

回到汉口，起初住在球场横街。租的是当街的二层楼的房屋。梅姑妈汪伯伯一家人在抗战中没有去重庆，留在武汉，是他们找的房屋，我们回到汉口就住在一起。我们这一大家子，仅仅是表兄妹就有 17 人，走上街一大排。我们和睦相处，大家很快乐。

回到汉口时我 6 岁，家里送我上学。学校在西马路，名字是"培养善堂"，好像是庙宇改的，当中的一间大教室里有从天花板到地的玻璃罩保护神位，神像已经搬走了。教室前面黑板上方挂的是孙中山先生的像。从校门进来是竹篱笆围成的操场，进入操场后面的院落可以看到三面是教室。穿过教室间的走廊可以去到后面的荒地。有一次放学后我独自去后面玩，看到湖边柳树下停泊着一条小船，无人看守。我上船去玩，船一晃，我一脚踩入船舱。这才发现船舱里装满粪，那是条运粪的船。那湖通黄孝河，可以去黄陂和孝感。我在湖水里洗了脚，穿着裤脚滴水的长裤，踩着水浸透的布鞋走回家。现在，水退陆进，西马路以前是湖凼的地方成了宽阔的道路和高大的楼房。古云梦泽的沃土被压在了厚厚的水泥下面。

　　住在球场横街期间，我 8 岁大的时候走丢过。有一天，哥哥们去大舞台看戏。大舞台在友益街，现在改名为"人民剧院"。有几个人先走了。汪家二表哥带着我后去。他把我带进剧场，上二楼，没有把我引到座位上，而是让我站在围栏那里看。我想我们是没有票，凭关系进来的。他居然很大胆地留下我一个人在那里，说他到楼下去找哥哥们。他叫我站在那里不要离开，他马上就来。我只有服从。那天台上演的以我后来的知识判断是《坐楼杀惜》。宋江睡下了，阎婆惜起来唱一段。阎婆惜睡了，宋江起来唱一段。二人不仅是同床异梦，而且是各怀鬼胎。那是我有生以来第一次看戏，我完全听不懂，心思也不在看戏上，我只是在等二表哥回来。我等了好一会，觉得是好久好久，二表哥还不回来。我感觉后面坐着的观众都在看着我，那些眼光如芒刺在背。我站不住了，就决定下楼去找表哥他们。

　　来到楼下是到了大厅，我发现进观众席的入口有宪兵把守。我没有拿着票，不敢进去。反身上楼又显得形迹可疑，我就出了剧院大门。这是个糊涂的举动。我不认识回家去的路，连方向都摸不清。我就在街上乱走，想找到回家的路。那是个春夏之交的上午，阳光明亮。我走了很久，心里很着急，但是没有感觉害怕。我记得按我后来判断的是我走到了北京路。在那里我向一个人问路，我记得家庭住址。那个中年男人穿长衫，戴着那时流行的软木帽和一副墨镜。他不说话，只挥起文明棍指示方向。我又乱走一气，我自幼方向感就差。后来在景明大楼前看到有一行人力车停在那里待雇。我向一个车夫问路。那车夫说，你上车，我载你回去。我说，我没有钱。他说，你到家家里人会给钱的。我说，我怕我家里人打我。这时，另一名车夫说，你上我的车，我是回家的，顺路把你载回去。我说，我没有钱。他说，不要你的钱。

就这样，我上了车。车夫拉了车走了好一段路到一个街口停下，让我下车，说往那条街去就是你的家。到这里我马上就认识路了，赶快跑回家。我到家时家里好多人出去找我了，敲着搪瓷脸盆沿街去寻找。不久母亲回来了，她见我回到家，问了是怎么自己回来的。她的神情表现是谢天谢地，松了一口气，就去做事了，没有责怪我，也没有激动得把我抱在怀里，好像只是一件平常事情过去了一样。家里大人没有想到应该去感谢那车夫，我更是不懂。这想来似乎是不通情理，但是生活中的事情不像电影情节那样构思完美。

球场横街在铁路外。铁路外是一个地区，也就是京汉铁路之外。现在京汉铁路已经移到远城区，原路址改为京汉大道，上面修建了轻轨。球场横街那时候不算正城区，却也是人烟稠密，商铺林立。那年除夕夜，天气特别寒冷。漆黑的街道上铺了厚厚的一层雪。我们几兄弟在当街的堂屋里守夜。火盆的灰里捂着橘子，板炭上烤着糍粑。远近传来的鞭炮声此起彼伏。街上有五六个人自发组成的一个锣鼓队敲打着走过。门缝里不时有红色卡片递进来，飘落到地上，我们就收起。那是附近店铺来给邻里拜年的。

我们家在球场横街住了两年，就搬到胜利街的新屋里了。从重庆归来时，祖父已经是囊空如洗。他回乡下卖了一些田地作为资本，在车站路开了商号，联络上老关系恢复生意，不两年就又发起来了，有钱为我们家建房。建房的失策之处是选址在胜利街上，当时没有考虑到那片土地是属于天主堂的，不能买断。那样建的房就像现在说的小产权房一样。土地不属于自己就不可能长久安居。我们只在胜利街住了 8 年，1956 年，市政府建武汉市第二医院要用那地方就让我们搬走。我们也许是武汉市最早的拆迁户。

新屋建在胜利街与南京路的拐角处。这里隔着洞庭街，鄱阳街就到了长江边。夜里睡在床上常常听到轮船发出的雄浑低沉的汽笛声，那声音由远弗及，笼罩武汉夜空。这里离江汉关也不远，夜深人静的时候可以听到江汉关悠扬的钟声。后来，当我读到小说《约翰·克里斯托夫》的第一句："江声浩荡，自屋后上升"，我下意识地把这句变成"钟声浩荡"，因为脑海中呈现的是江汉关的钟声在夜空回荡。我想原来名著里描写的景物在我们生活里也是有的。那时，江汉关的钟声，还有那长江里巨轮低沉的汽笛声送我入眠。但是有的晚上我可能是玩兴奋了，躺在床上睡不着，听到那钟声穿墙入户，传来耳际。我听到钟敲 12 下，已经是半夜，我还没有睡着，就紧张了。不久很清醒地听到敲一声，那是 12 点半钟。后来又敲一声，那是一点钟。后来又敲一声，那是一点半钟。这是连续敲的三个一声。现在我退休后回到汉口，在胜利街买了一套房住下。这里离江汉关远了，听不到钟声，而长江里的汽笛声是可以听到的。每天听到那熟悉的汽笛声，我的内心沉静下来。

新屋里住进了祖父母，我们一家，大姑母一家和二姑母一家。三姑母一家住在不远的吉庆街，他们白天过来，吃了晚饭回去，基本上是生活在一起。大姑母的大女儿出嫁从这里出去。出嫁的场面很热闹，有一辆黑色小轿车接，有洋鼓洋号的乐队开道。二姑母的第四个孩子徐景莉在这里出生，长大后学了工艺美术。她丈夫何宗逊是位颇有成就的国画家，现在一家人移民去了加拿大。

那时候，妹妹小，与母亲住一间房。德姐在武昌住校，娴姐参军离开了家。我和颐哥，春哥住在一个房间里。我记得春哥上床前脱衣后给我展示他的抂腰的绝技，他将双手抂住腰一收腹，两手指尖可以相触。他成人后酷爱运动，乒乓球篮球都玩得好。现在他高寿 80 余，已经弯不下腰。

新屋的屋顶上有木制的晒台。夏天的晚上我们兄弟姐妹经常上晒台去休息，乘凉，观赏明亮的月亮和美丽的银河。当时看作是很平常的景致，可是现在的城里人就没有这福气看到了。现在的年轻人从来没有见过银河，恐怕连银河的概念都没有。我们听祖母讲了牛郎织女的故事，尽管年幼，以我们有限的知识也能知道那是神话。但是望着银河，想到牛郎织女的故事，心里是愉快的，认为天空深邃而神秘，具有生命，绝不是只有一些冷冰冰的石头在漫无目的地乱转。

这时候，我们讲故事，唱歌。唱的是电影歌曲和流行歌曲，一首接一首地唱。我跟姐姐们学会唱很多歌。我们唱，颐哥吹着口琴。他由于腿残疾，没有上过学，根本不识乐理，不知道乐谱为何物，居然无师自通地学会了吹口琴，真的是了不起。当时随西方电影传来一首歌的歌词，Home, sweet home. There's no place like home. 这首歌汉语的译配是《我的家庭真可爱》。现在唱起这首歌我回忆起的就是家里住在胜利街时的情景。

我们唱的歌很多是由王洛宾谱曲作词，如《在那遥远的地方》《大阪城的姑娘》《哪里来的骆驼客》《可爱的一朵玫瑰花》《你送我一支玫瑰花》等，但是那时候不知道这些歌曲是谁作的。前些年我回忆起那段童年生活，想到王洛宾的歌伴随着我成长，于是写了电影剧本《西部情歌王》。童年生活中的事情不知道什么时候会再现，对人的一生产生某种影响。我们听到或是唱起儿童时唱的歌就会回忆起那段时间的生活。Carpenters 的歌曲 *Yesterday Once More* 就因为把这一点说得真切而打动人心。

人多好过年，家里过年热闹。进入腊月后市面上过年的气氛渐浓，家中也是忙着置办年货。我们家每年一定要自家炸番薯，做大盆的十样菜。除夕夜吃团年饭前要祭祀祖先。祖父说，可以不拜菩萨，但是不可不拜祖宗，要记住你生从何来。堂屋里有神龛，上了香烛，由祖父领先，然后长幼有序地祭拜。我记得有棕制的拜垫，有下跪叩头的隆重仪式。

团年饭的席上有碧绿的竹叶青，也允许我们小孩饮。这样我一生于酒中特别钟爱竹叶青。我不嗜酒，有时聚会也饮少许，并不至于小时候饮酒长大就有酒瘾。吃完年饭就打麻将，家里开几桌麻将，我们小孩也可以玩。我的牌技可以说是有家学渊源。但是一过完元宵，家中再也听不到麻将声。这是年年如此的惯例。我们现在兄弟姐妹只是每周见面打回麻将，说说笑笑，并不与外人打，这叫作"杀家麻雀"。并不至于小时候打牌长大就嗜赌成性。

我这个万州小县城的郊区山坡上生活的一个儿童，回到汉口大城市，起初住在所谓铁路外的地方，变化不大，剃的是光头，还说着一口四川话。住到胜利街后，我就蓄起了飞机头。哥哥带我去花楼街，买了发膏，把头发涂得光亮，梳得有型。上床得戴睡帽，以免污染枕头被子。

胜利街的住房拆掉后，我们大家庭就分开了。祖父跟随姑母过，1961年困难时期去世，享年78岁。他与先几年去世的祖母合葬在汉阳扁担山。几年以后扁担山公墓整治，祖父母的坟墓不知下落，现在我们想祭祀扫墓都没有地方。我们兄弟跟随母亲住，搬过好几次家。随着岁月的推移，我们先后有了自己小家庭。现在德姐在深圳随女儿住。我在深圳有家，而大部分时间住在武汉，只在冬季回深圳过年。我的两个哥哥，一姐一妹住在武汉，这就是我要住在武汉的原因。我们几乎每周见面一次打麻将，这是我生活中不可或缺的调剂。

胜利街南京路拐角那一段只住有十余户人家，因为是当街，多半开着店铺。我们隔壁邻居是一家花店，有店主人养得很好的花和花一般的女儿。过去几家的一套房被一位私人医生租下开诊所。医生的大女儿名叫玲玲。他们家只住了一年左右就搬离了。后来，在我18岁的那年，满街回响着电影《柳堡的故事》里的插曲："九九那个艳阳天来哟，十八岁的哥哥呀坐在河边。""风车呀风车那个咿呀呀地唱呀，小哥哥为什么呀不开言。"高三年级开学后不久的一天，我忽然见到玲玲走过我眼前。我像是被电击似的呆了，腿一直软到了脚后跟，眼睁睁地看着她像"自在飞花轻似梦"一般地飘了过去。

再过去是一家旧书店，老板姓胡。他们家儿子小我两岁，正是玩伴。我们下午放学后在一起，晚饭后在一起，星期天整天在一起。他就像是我的小兄弟。有一天早上，他父亲买菜给他带回早点，也给了我吃。那绿荷叶包白发糕，色泽鲜明，而又显得清洁，十分诱人。他父亲说我们是肚兜朋友，将来长大也是好朋友。肚兜朋友也说成是开裆裤朋友。我们那时是十岁上下。

后来我们因为拆迁搬家分开了。时隔多年，我退休后一次回武汉在街上遇到他。他请我到他家吃饭，见了他家里人。他说他听说我在深圳，曾经让他侄女的女儿去深圳大学找我没有找到。童年朋友重逢很是高兴，我们频繁来往。我返回深圳时他留给我他的手机号，他侄女的名片，名片上有她的手机号和她公司的座机号。我回深圳后按这些号拨过去都失败，之后我们又断了联系。

那书店的业务是买卖和出租旧书。出租的书是流行书籍，武侠小说，公案小说和言情小说等。我专门看武侠小说，或者说是剑侠小说，其中又以还珠楼主写的为主。他写的书非常多，我一本接一本，几乎都看完了。能够这样是因为我看他们的书不用拿钱租。

还珠楼主的小说对我一生影响较大，不仅是我的写作方面，而且是人格性格的形成方面，所以我想就他的著作说几句话。还珠楼主本名李寿民（1902—1961），重庆人，剑侠小说的泰斗与巅峰。一生著作达 4000 余万字。二十世纪三四十年代他的长篇剑侠小说在报纸上连载，为报纸扩大了发行量。有时他同时为 8 家报纸写小说，每天要写 2 万字。每天清晨，报馆还没有开门，许多报贩就在门外排队等着取报纸，因为读者是每天必读他的小说，一期不落。他的小说在那时就有搬上银幕舞台的。

还珠楼主的著作是中国小说界的奇观，融神话志怪剑仙武侠为一体，集剑仙神术魔法奇幻法宝之大成。他以开创性的想象力几乎写全了武功的神妙，剑侠的神奇，形成了武侠小说写作的宝库，可供后世武侠小说家从中取用。我想那"传音入密"的功法是超前的科幻想象，就是一个人隔了很远对另一个人说话，周围的人都听不到，只有那一个人可以清晰地听到。这功夫现在由手机通讯实现了。他的想象气象万千，天马行空，出神入化，带领读者上天入地，达到精神升华。

他的文学功底高深。笔触所到，景物描写美轮美奂，峨眉山青城山成了神仙洞府。神仙法术变幻出的奇幻景象惊心动魄。通灵的金雕猿猴，人参仙灵变化的小人小马引人入胜。书中人物形象鲜明，正邪两道各具特点，俊男靓女引人爱慕。剑术武功神通法术令人羡慕。他的小说因此迷惑读者，很多人读了他的书离家出走，去峨眉山访道求仙。他的文字功夫也很厉害，词汇丰富，用词准确，文字华丽令人佩服，那些法宝取名的古奥更是增添了法宝的神秘。

还珠楼主堪称剑侠小说之父。后世成名的武侠作家得益于他甚巨。学习他的写作技巧，取用他的法宝招式的比比皆是。我甚至看到有大段抄袭的。他小说的不足之处是缺乏完整的情节，一个故事展开得好，却常常没有收尾又转入另一故事。

文学分为两大类。一类是严肃文学，揭示社会与人生的问题。一类是消遣文学，武侠小说即归于此类。从根本上说，武侠小说是逗你玩的，读者津津乐道的书里的人物情节也是有趣好玩的。中国的武打电影从黑白片打到现在的 3D，经久不衰。为什么？因为生活太累，人有时候需要放松。

搬迁到胜利街新家后的我，转学到北京路小学上三年级。这学校曾名中山小学、武汉市第二十九小学。北京路小学真的是所好学校，在 1952 年我们小学毕业考初中时创造了辉煌。我们班在五年级时由两个班合并为一个班，学生有 72 人之多。考取当时武汉市最好的中学武汉市一中的有十余人。当年武汉市一中初中一年级招收了 17 个班，录取的第一名学生就是我们班的刘曾敦同学。由于一中是武汉市排名第一的中学，也是当时公认最好的中学，刘曾敦也就是全市第一名。全市初中录取学生的名单公布在武汉市当时的市报《大刚报》上，占了整整一版，赫赫排在第一的就是刘曾敦。他永远是我们同学的骄傲。刘曾敦由于家庭问题，初中毕业后去读了中等技术学校，后来到新疆工作，为我国汽车工业发展做出了贡献。我们班的另一位同学徐吉华以第一名的成绩考入武汉市三十三中。他的眼眸黑白分明，是班上公认最聪明的，不怎么用功却学习成绩突出。后来他曾任湖北大学数学系系主任。

我也考取了武汉市一中，成绩也不错，分到第二班。小学同班来的还有武英杰、喻宗舜、毕世雄。学生成绩优秀是教师培养出来的。我当时就认识到我们小学的老师水平高。在我们毕业以后，好几位老师被调去了中学任教。没有真本事怎么能够脱颖而出。这样的一所学校放在现在一定是重点学校，家长挤破门框也要把孩子塞进来，可惜就被城市发展无情抹掉。前些年由于建过江隧道，北京路小学被拆毁，改成了街心花园。继万州之后又一个供我怀念的地方消失了。

小学阶段的生活很愉快。我感到小学同学亲如兄弟姐妹，因为我们大部分时间是在学校度过，与同学相处的时间比与家里人还要多。我们一同学习，一同玩耍，磕磕碰碰是有的，但是相处基本上快乐。

班主任把同学们按住处组织成学习小组，放学后一起学习。我与住在东山里的徐吉华，廖民刚，交易街的武英杰一个组。下午放学后我们常常到武英杰家学习。很快地做完作业后大家就是说说笑笑地玩起来。武英杰至今记得，我们还一起发动了一场大计划，要画一本连环画出来，然后送去出版。我们还真的是画了好多幅。这是我的念头。那时候我常常到书摊看娃娃书，着迷之余就是要进行创作。

武英杰的母亲总是拿吃的招待我们。记得有一次是端午节前，他母亲端出很多粽子，武英杰要我吃包肉的，我说我不喜欢包咸肉的，包豆沙的，我只吃白的，蘸糖吃，有粽叶的清香。因为我们是同学的关系，武英杰的母亲和我的母亲认识了。后来我们的子女也认识了，至今有往来，成了通家之好。

小学的老师像家长一样，管学习还指导生活，要我们不打架骂人，上课坐端正，不随地吐痰，指甲要经常剪，衣服要穿整齐。我记得班主任朱震亨老师还说过，你们取下帽子的时候，用手摩一摩头，可以不感冒。他教语文，一次课上这么说："衣服怎么能够穿得整齐？把衣领提一提，袖子捭一捭就好了。这就是领子和袖子的作用。称领导人为领袖就是这么来的。"小时候什么知识都是新鲜的，好像还记得特别牢。

朱老师是我们班主任，那时他二十余岁，只比我们大十余岁。我们班是少先队一个中队，他兼任中队辅导员。我记得他组织过两次队日活动。一次去武昌东湖，我们乘轮渡过江后一直走到武汉大学。另一次是去岱家山，我对这次活动记忆犹新。

那天早上我们在学校集合出发，大家精神抖擞，红领巾在胸前闪耀。郭翰生不是中队长，只是因为长得帅，就被指定打了队旗走在前面。队伍行进到一元路时，街对面走过一个男孩，见了我们队伍立即立定行举手礼。他眼睛望着正前方，像塑像一样挺立。这是按少先队队章的规定，队员见面要互相行举手礼。这下把我们搞慌神了，我们队伍在行进，该怎么回礼？中队长请示朱老师，他反应极快地说，队伍继续前进，中队长一个人举手回礼，代表整个中队就可以了。不知道他这指示是从学习队章中得来的，还是他灵机一动做出的，反正我们都觉得很正确。现在这一幕可能不会再有。我只觉得那时的少年纯真，朝气蓬勃。那个少年的形象一直在我心中，我敢肯定，他长大后一定会是个充满正气的人。

朱老师像家长一样关心学生。我们小学毕业那年，薛昌年同学家里发生变故，生活出现极大困难，不能升学，他急得哭了。朱老师知道后，向学校争取到一个小老师名额给他，安排他教一年级，每月可以有十几元工资。虽然当年武汉市第一师范学校招生，薛昌年考取入学，没有在小学就职，他对朱老师的关心还是十分感激，至今念念不忘。

每周星期六下午我们举行班会，会上班主任谈这一周班上发生的事情，表扬和批评学生，同学自由发言，然后是余兴，同学们或由推举或自告奋勇表演节目。1950 年电影《白毛女》放映，其中插曲很快就风靡全国。班会上同学们百唱不厌的是那些插曲。那时我就知道那电影是由贺敬之创作的歌剧改编的，对他很敬仰。现在我写的电影剧本《文天祥》在筹备拍摄，他受剧组聘请任总顾问，这真是我的荣幸。

毕业分袂，同学们上了不同的中学，后来上大学，去各地工作，而联系一直不断。我们在武汉的同学更是经常互相走动，来往密切。"文革"期间，逍遥无事，汪文孝、武英杰、程丙吉我们几个三天两头见次面，谈谈笑笑好开心。可以说，数十年来我们的快乐有人分享，心情郁闷有人开导，生病住院有人探视，结婚生子有人庆贺，出外游玩有人为伴。我们的生活里方方面面都有同学伴随。

值得一提的是武英杰结婚请我压床。大婚前夕，他与我一同在新房的华丽的床上睡觉。他人逢喜事精神爽，谈话很多。他说有次他绱棉被居然三次才绱好。头一次绱完了发现被面没有绱进去，拆了重绱。第二次发现把床单缝到一起了。我们知道，压床要请的是新郎的至亲，最好是新郎的弟弟，没有结婚的，一般好友都不行。此人应该是品行端正，还要八字好，有福气。这样才会驱邪避凶，幸福吉祥。武英杰袁嘉琪夫妇请我压床是器重我，是我的荣耀，我一辈子感激他们。

他们夫妇情深爱笃，为人称羡。袁嘉琪的贤惠尤其为人称道，感动很多人。他们被认为是模范夫妇，有家杂志曾有意加以报道。武英杰在某名校带高三毕业班的语文课，有一年培养出了湖北省的文科状元。这在报纸上有报道，还刊登了他与那学生的合影。他为培养人才做出了贡献，在武汉市的中学教育界是有名气的。现在他们家庭生活美满幸福，后人也有出息，他们可以说是福寿双全。

历经风风雨雨数十年后，小学同学彼此的思念更加强烈。2012年由熊承恩发起，我们组织了一次聚会。参加的人都已经是年逾古稀的翁妪，居然达14人之多。其中专程远道而来的有：刘曾敦夫妇从乌鲁木齐来，李桂斗、黄亦木从西安来，徐英明从南宁来，熊承恩从泉州来，黄奇士从广州来，肖慧兰从咸宁来。聚会散后，4名同学代表大家去汉阳看望我们小学的数学教师，已臻 85 岁高龄的曾庆志老师。这次聚会真的非常难得，非常珍贵。如此盛大的聚会再也无人敢于召集了。我们在武汉市的同学还是经常见面，到某个人家中聊天，到公园游玩，几个人拉进一个微信圈，分享信息，很是快乐。

我于 1952 年小学毕业，考入武汉市一中上初中。武汉市一中那时是武汉市最好的中学之一，拥有很多当时在武汉市教育界享有盛名的教师。我在初中时文科理科的成绩都较好，但是已经显露出对文科的偏爱。我那时就认识到我很幸运地遇到几位好的语文教师，他们课文讲解透彻，批改作文尤其认真。我们的作文本上能看到的一半是学生用自来水笔写的蓝色的字，一半是教师用毛笔写的红色的字。每篇作文的批改有眉批，行批，有卷尾的总评，有的总评达到二三行之长。额头画的方框表示那一行有错别字，要学生改正填入。我刚好有实物证明那时的教师是怎样认真批改作文的。

几十年来，我数次搬迁，至今还奇迹般地保留着一本我上初中时的作文本。打开作文本看到第一篇作文的题目是《防汛斗争中的二三事》。那是就武汉市 1954 年防汛这件事情出的题。

我那作文开篇的第一句是："生活在这个时代，这个地球上的各个世界的人，对于这次洪水的来临，都有不同的遭遇和感受。"这句话充分表现出年轻人的幼稚，写作文总想把话说得天一样大，"语不惊人死不休"，读来好笑。那时教我们班语文的是明无垢老师。对我这短短的一句，明老师改了其中三处。一，他勾去了"各个世界的"；二，他在"人"字后加了"们"。三，他把"这个时代"勾到"这个地球上"的后面，然后加了眉批："按自然界的发展，应该先有地球，然后才谈得到时代，所以要改正你的语句。"

明老师的这条批语使我懂得了写文章要有条理，有逻辑。他这一点拨就使我明白如何提高写作水平。我想如果说我在中学时受到过名师指点毫不为过。他们的教导为我以后的学习和工作奠定了坚实的基础。

短短的一句话就给予了三处批改。这样一字一句的批改表现出了明老师认真负责的教师品德和学识水平。而这只是他日复一日的工作的一个点滴。

明老师是武汉市一中众多优秀教师之一。那时教我的教师很多都和他一样。我们学生对这样的教师很敬佩。遇到好老师当时感到幸运，现在想来仍然感恩不已。

我们尊敬老师不像现在这么物质，而是尊敬老师的品德和学识，认真地向他们学习。与此对应的是，老师喜欢这样的学生，得英才而教的快乐远胜于得红包，因为这能体现教师的人生价值。师生之间自然形成尊师爱生的关系。有件事情可以看出我们师生关系融洽。有一次在课堂上，我问明老师，您写诗吗？何不念首我们听。明老师高兴地说，他有时写诗的，但是写完就丢了，没有存下。记得有首诗是写游太湖，后一句是"迟来未上鼋头渚，一路闲云笑我还"。由此我想到，中国从古至今有无数的好诗都随风消逝了。

可以感觉到，明无垢老师，还有我上高中遇到的熊映滨老师，韩泉老师都以教学生为乐事。有趣的是，1985年我出席湖北大学张国光教授召开的红学研讨会，遇到韩泉老师，相谈甚欢。他也写了多篇红学论文。

我上了中学，胸前的校徽由小学的布牌改成了金属制的牌，白色搪瓷底上的红字是鲁迅体的"武汉市一中"。我每天把校徽别得高高的，心里有一点小小的骄傲。初进校园，我惊叹操场好大。我北京路小学的操场只有一个篮球场那么大。我们踢皮球常常把皮球踢到院墙外面去了。武汉市一中校风很好。教师既有师德，又有水平。学生品行端正，学习努力。受到影响，我也开始用功学习。以前在小学我贪玩，课后只是完成作业，从不多花一点时间在学习上。中学里班上同学学习主动，经常找辅导材料学习。常常可以看到课间休息的十分钟里，很多人互相讨论几何解题方法。那一阶段我文科理科兼爱。我的作文写得好，是同学公认的。我的历史知识比较丰富。之所以如此，是因为中国古文是文史不分，读古文就学到很多历史知识。我喜欢数学，它使我思维清晰。我也喜欢物理和生物，我在中学阶段学到很多科学知识。我也喜欢美术课，课余我练习画石膏模型，打下了素描的基础。我一直喜欢画，后来我的绘画具有了一定水平。有一次武汉电影院播放一部电影，请武英杰、钱定常、程丙吉和我画宣传画。我们画了一个通宵完成了。我们拍摄了那幅画，我们共同的杰作，可惜后来底片丢了。

我上初中一年级的时候，祖父常常带我去清芬路的美成剧院听汉戏，散场后上福庆和吃牛肉面宵夜。只带我，不带别的孙子外孙，由此可见他对我的钟爱。有一天，我在报纸上看到戏剧学校招生的广告。我想，当一名戏剧演员多好，唱了玩了还可以拿工资，我就想去报名。不过后来由于种种原因未果。

初中毕业后，我很想像春哥一样去武昌住读，就报考他所就读的三十三中学。那学校的前身是武昌文华中学，很好的学校。学校有管乐队，当时武汉市的中学里面只有它和武汉市六中有管乐队。我以第八名的成绩被录取。但是我去学校报到时，被告知按规定得就近入学，不让住读，我被退回市教育局重新分配。那时，录取阶段已经过了，教育局只得把我安排到武汉市二中。那一年二中的高中一年级有二十几个班，我被安插在靠后的班。

二中也是好学校，当时流传的话是，"老一中，红二中。"不过，我的家住在南京路，学校几乎快到永清街，离得太远，估计不下于3000米。那时候公交车很少，车资是3站以内是4分钱，3站以上是7分钱，远了更贵，每天上学放学，我也乘不起。为什么家里不给买辆自行车呢？别做梦了。班上只有吴叙泉同学有辆莱利自行车，相当于现在的宝马汽车。我到1972年，工作十年以后才按计划分配买到一辆上海生产的凤凰牌自行车，耗费我168元，而我当时的月薪是53元。

那时，每天我得早早起床，背了书包，提了饭盒就往学校赶，而且得大步流星地快走，下雨下雪都一样。这是被迫的早锻炼，一年下来，我的身体健康了。我是登记了因为远道可以免上早自习的。中午我在学校吃饭，下午放学后和同学们结伴步行回家。同学们中有住在车站路的，兰陵路的，也算是远，最远的莫过于我。

我提的饭盒里装的是家里前一天的剩饭剩菜，那时候没有冰箱保存，隔夜的饭菜吃了也没有得病，当然要保证是没有变馊的。如果没有剩饭剩菜就带生米和两个鸡蛋。到学校后把饭盒送到食堂代蒸，每月收费5角钱。如果在学校食堂搭伙，中午一餐每月需4元钱，我家贫出不起。好几个同学与我同样，我们从食堂取了饭盒拿到教室里吃。我看到好多人的菜里有鸡蛋，显得营养不错，这却是因为那时鸡蛋相当便宜，有时候甚至贱到1角钱5枚。

在初中我学会用功读书，在高中我开始认识社会。一般人认为相比社会，学校比较简单纯粹。其实学校是社会的雏形，要说复杂是同样的。依我看，复杂一点没有坏处，这是人生学习的一个方面。除了学习文化知识，在学校里也得学社会知识，这是非常有用的。在高中体验到与同社会上一样的复杂，使我获益匪浅，教我以后夹紧尾巴做人，保得一生平安。

不愉快的回忆本来不应该保留，但是以上说的那么重要的认识，我成长过程中重要的启迪，没有具体事例说明也是空泛的。事实是，上到高中一年级，我申请加入共青团，参加学习团章，努力有好的表现，以便得到考核批准。那期间，我的一位表姨妈来看我母亲，随口问我入团了没有。这在那时是与小孩很平常的交流，遇到小学生就会问，你入少先队没有。

后来，在与我一位很好的朋友同学聊天的时候，我说，我的表姨妈问我入团没有，我说还没有入团，感到不好意思。想不到几天后我向班团支部汇报思想时，与我谈话的团委引用了我的这句话，严肃指出这表现我的入团动机不纯。我那话只与我那朋友同学说过，毫无疑问是他汇报的。就是不知道"入团动机不纯"的评论是他说的，还是团支部的分析。

我并不怪团支部的人，他们都是个人品质很好的青年，与我没有发生过任何冲突，对我个人没有偏见。那时候的人都追求进步，连我表姨妈那样纯粹的家庭妇女都问与政治表现有关的事情，何况成长中的学生。使我震惊的是，与朋友同学聊天的谈话也会被汇报到团支部。受了这次挫折，我以后没有积极争取入团。

1957 年以后，凡是受了批判的同学后来都没有能够上大学。有人与我透露，在研究应该受批判的人的名单时，我也被提出过，班主任郑学孔老师说我没有那么严重，给否定了。这使得一位委员公报私仇的企图落空。其实他与我之间并没有仇，只是开玩笑到后来发恼了。能不能说郑老师这次是救了我？如果我受批判，没有能够上大学，过早地参加工作，踏入社会，我的命运又会是什么？因此，我对郑老师心存感激。我没有对他表示过我感谢他，相反地我在这之前还与他显得对立。

有一次，我中午在教室休息。教室里人不多。郑老师出现了。他看到我在写日记，与我聊天，问我写些什么。我说平常小事，没有什么。他要我给他看，我说这是个人的东西，不应该看的。他伸手来拿。我收到课桌里就是不给。他就走了。他以后并没有因此生气，这件事情太小，他可能转身就忘记了。他走后我记起来，其实我日记里面有一段是称赞他的。那是因为入学以后不久他帮助我解决了一个困难，我记在日记里，说他是"可以信赖的人"。我与他确实有些小小的对立。从我知道他不支持批判我以后，我就对他态度很好了。

有一天我和常致敏边走边唱："我们都是没饭吃的穷朋友，三枝花儿开一枝莲花落，饥饿道上一块走。"郑老师从后面走上来问："什么没饭吃，乱唱些什么？"常致敏连忙解释说："我们唱的是电影歌曲。"郑老师说："没有饭吃，来我家吃饺子。"常致敏是我们民乐队里弹三弦的，喜欢唱《五哥放羊》。他总是满面笑容。他与我住得近，有一年过元宵节，他来请我去他家里吃汤圆。

还是说些愉快的事情。我是学校民乐队里吹竹笛的。乐器由学校出钱配置，交队员个人使用保管。乐队队长郭天爵同学带我们一同去买。我买的一支竹笛 8 角钱，已经是很不错了。他拉二胡和高胡，买的一把二胡也只几元钱。下午放学后，我们乐队队员常常留在教室里练习。学校的文艺演出是以我们乐队为主。

有一次全市中学生文艺汇演，市十六女中舞蹈队演出歌舞《花儿与少年》，请我们乐队伴奏。演出在市一中大礼堂举行。那次演出效果很好。前几年，我看到有资料说这歌舞是王洛宾作曲的，想到那次演出的愉快经历，还有我小时候唱的很多歌也是王洛宾的，我就创作了电影剧本《西部情歌王》，把那次演出活动写了进去。这一节是这样的：

大礼堂 夜

1958年春天的一个晚上，武汉市一中的大礼堂里黑压压地坐满了人。前排坐的是评委。舞台前额上红色的横幅写着"武汉市中学生1958年文艺汇演"。前面一个节目在掌声中结束，幕布落下，下一个节目准备登场。乐队队员拿了乐器在台侧就座。舞蹈演员都化妆好了，已经站在二道幕前。舞蹈队队长，一个女中学生，跑来乐队前面。她化妆成少年，嘴唇上画了两小撇胡须。

"郭队长，曲子的节奏要比上次稍稍快一点，我们好跳些。"

"好的，知道了。汪成伟，听到没有，节奏稍稍快一点。"

形象秀气的汪成伟做了个怪脸，敲敲木鱼。

"同学，不要叫我郭队长，叫我郭天爵。你们唱歌声音大点，把嗓门放开，别像小麻雀叽叽叽。"郭天爵脸上带着顽皮的笑。

"知道了。"舞蹈队队长跑回去站在舞蹈队领头位置。

"还是捏住了脖子的麻雀，"一个拉二胡的帅气的队员说。

郭天爵："谈家栋，不要瞎说。"

"让些女伢装男伢，还不如请我们去跳男的，"谈家栋还要说。

郭天爵："现在调弦。余德预，给个音。"

戴着一副白框眼镜的余德预举起竹笛，吹响内弦和外弦要定的音。弦乐乐器调音。

报幕员："下一个节目，舞蹈《花儿与少年》，由武汉市16女中校舞蹈队演出，乐队伴奏，武汉市 40 中校乐队。"

幕布拉开。郭天爵看乐队摆好了架势，与汪成伟点头示意。汪成伟敲木鱼定节奏，乐声响起。舞蹈演员跳舞登场，8 个女中学生扮演花儿，8 个女中学生扮演少年。他们载歌载舞，唱起《花儿与少年》。

这剧本发表在《电影文学》杂志 2012 年第五期。谈家栋读到这一节时，惊奇地问我，"这就是我那时说的话吧？"我回答说，"不是的。这是创作。"

剧本结尾是这样的：

（字幕：1995 年 6 月 30 日）

傍晚，北京城华灯初上。北京展览馆广场上飘荡着彩色氢气球牵引的、红色大字的巨幅标语："祝贺王洛宾艺术生涯六十周年"。

场内，台上，台下，前台，后台，演出准备工作有条不紊地进行。工作人员在到处跑动。电视台记者在进行现场直播，摄影机已经开始拍摄。

观众席中发现有年已半百仍然神采奕奕的郭天爵、汪成伟、谈家栋和余德预。他们在交谈，回忆年轻时演出《花儿与少年》的趣事。

郭天爵问："汪成伟，我们为《花儿与少年》伴奏是哪一年？"

"是我们读高三那年。时间过得真快。"

"余德预，你现在还吹笛子吗？"

余德预幽默地回答："早就没有气了。不像谈家栋当年拉二胡，现在也还能拉。"

剧场灯光渐暗。聚光灯照着主持人出台，宣布文艺晚会拉开帷幕。节目一个一个演出，文化部老干部合唱团、解放军军乐团、北京歌舞团、北京舞蹈学院参与演出。杨鸿基、蒋大为、韩芝萍、鲍蕙荞、李雪健、范圣琪、杭天琪等著名艺术家的精彩表演激起全场阵阵掌声。

当然，这也是创作。创作就是虚构。我幻想，我这剧本能够拍成电影，拍摄的时候我们几个人像这样参加，那该是多么有趣。

1958 年，我高中毕业，比较顺利地升入大学，可是没有能够学我理想中的专业。我从小喜欢文学，上初中时就开始乱写。几年前，我的小学同学程丙吉遇到我的初中同学黄河清，问他还记不记得我。他说记得的，他喜欢写，作文写得好。由此可见，我给同学第一印象就是喜欢写。到高中时文理分科，我是学文科的。毫不奇怪，我报考大学的志愿当然就是中文系，还有就是历史系和图书馆学系。可是命运弄人，我得到的录取通知书是征求志愿：学英文。征求意见的意思就是如果同意学英文就可以升大学，不同意就算是没有录取。

现在学英文是热门，上大学英文系需要高分才能录取。我考大学的时候不是这样的。新中国成立后，英文被认为是帝国主义语言，一律不学，我们在中学六年都是学俄语。到 1957 年，某些大学才开始开设英文系，招收学生学英文，愿意学英文的学生不多。而在 1958 年英文刚复苏，是冷门。谁也想不到形势会起什么变化，1979 年中美建交后，英文迅速升温。很多人听说我是学英文、教英文的都表示羡慕。

能够上大学是头等大事，我只得去报名上学。我觉得无可奈何，但是祖父听我说我将学英文专业却表示高兴。他说他的商行以前与洋人做生意，行里有个人，是自学英语，能够与洋人打交道，很起作用的。

升大学之所以重要就在于学什么专业，这将决定一生从事的职业。"男怕入错行，女怕嫁错郎"，这就是终身大事。我的命运是在这人生转折点捉弄我吗？起初看来好像是的。想到我一辈子要干不喜欢的工作，受其折磨，我很长时间陷于苦恼中。后来情况转变了，我不想学英文的原因是我只想学中文，并不是对英文反感。及至我不得不学它，我也可以学得比较好。到二年级以后我读了一些英文简易读物，如 *The Moonstone, Quadroon* 等，我开始喜欢英文了。后来过渡到能读原著，读了 *Martin Eden, The Adventures of Tom Sawyer, The Path of Thunder* 等小说，我就常读英文书了。事实证明，英文对我帮助极大。以后我在创作过程中常常从纸质书和网上找来相关的英文资料作为参考，可以不依赖翻译。我想，如果我没有把英文作为专业来学习，通过自学我是学不好的，而没有在大学学中文，我可以通过自学学好中文，因此我不抱怨，甚至感激那次命运的安排。

大学毕业后的工作分配也看出命运对我的眷顾。我们是国家培养出来的，得听从国家计划分配，到最需要的地方去。从大学三年级起，同学们想到工作分配就惶惶不安。都怕分去县城，尤其是怕去恩施。我想，我本来是城里人，上了大学如果去了县城反而成了乡里人，还不如当初不上大学。毕业前夕，每个同学都要填写志愿以供组织考虑照顾个人的要求，组织上要找同学们谈话，做通思想工作，让大家心情舒畅走上工作岗位。与我谈话时，我只说了希望能够留在武汉市教中学，因为我有年迈的寡母要照顾。像大多数同学一样，我心里悬着，直到宣布分配，拿到报到证，我才一块石头落了地。我被告知留校任教。

那次工作分配的宣布是在我们学生宿舍进行的，就在我住的房间。全体同学都在外面走廊上等候，一个个叫进来谈话。副系主任走进我们房间时，我正收拾东西打算到外面去等候，年级团支书刘志坚同学对副系主任说："就从余德预开始吧。"

副系主任让我坐下，把一张打印的通知书给我。我看到上面填的是我被分配到"本院"工作。我不知道本院是什么地方。副系主任告诉我，我被留在本系教书。他说了些热烈欢迎和鼓励的话，但是我都没有听到，我一下还不明白，这对我意味着什么。我只知道我可以留在武汉，可以放心了。

我走出房间，叫下一个同学进去。同学们急切地问我分到哪里，我平静地把通知书给他们看，引起微微骚动。这之前谁也不知道我会被留校，一点风声都没有听到，突然知道我留校都感到有些意外。像我一样感到意外。我自己也从来没有想到我会留在本校教书。同学们都认为我为人不坏，学习很好，多才多艺，但是家庭出身不好，不靠拢组织，连加入共青团的申请书都没有写过，都认为我的政治表现始终是中等，位居中游，不会太受信任。因此，有的同学推测，我被留在学校是搭配，就像政府机构中要搭配民主人士，搭配妇女。其实不是的，而是因为我们毕业分配时出现了一个有利因素，所以我能够有这么好的分配，其他同学的分配也比自己预期的好，好像都交好运了。这背后有什么原因呢？

长话短说，刚好是我们毕业分配的时候，军队来人到了我们系，要10名毕业生。他们把我们中的优秀同学抽走了那么多，使得我们工作分配的压力大大减轻。这就是我能留校，其他同学的分配也能比较满意的原因。那些参军的同学去了广东省和海南岛，有的做监听，收集情报的工作，有的当教官，培养军内英语人才，都做出了贡献。

我7月份得到工作通知，9月份就以见习助教身份上讲台授课。开始时，我对工作不以为意，心想我一个大学四年级优秀毕业生还教不了一年级吗？拿起课本看，就那么一点东西，实在是简单浅显，可是几节课下来我就受到了教训。我自己讲课是备了课的，讲解可以说是正确无误。可是学生提问就难倒了我，比如，这是为什么？可不可以这样说？用介词at与in有什么区别？我就说不清了。处理这样问题，我的态度比较老实，我对学生说对不起，我不知道，我查了以后告诉你。请不要笑我，我们几个初上讲台的年轻教师和我一样。经过几年的教学我们才逐渐成熟。

有一次我出于紧张，没有掌握好速度，内容讲完了还没有到下课时间。我那时还没有钱买手表，这教师必备的计时器，直到1969年我才购置了一块北京牌的手表。我站在那里不知道怎么办，问学生有没有不懂的问题要提问，学生没有反应。我无计可施，好是尴尬，就宣布下课。一节课50分钟，两节课连着上，之间休息10分钟，那次我提前10分钟下课了。这在系里成为违反纪律的大事。姚宗立代表系里领导来批评我。他是我同班同学，一起留校的。他是温文尔雅的谦谦君子，代表组织来批评我也还是面带微笑，语气温和，与我像聊天一样把意见传达了。我自己很难受，他来与我谈话之前我就是很难受的。一半是因为我违反纪律，造成不良影响，一半是因为我感到我不称职，遭遇失败。那以后，我吃一堑长一智，备课中准备了超出课时的材料，有备无患，再也没有出现类似的失误。老教师是在锤炼中成熟的。

我喜爱阅读，由此轻松地扩大了我的词汇量。学外语需要积累很大的词汇量，词汇真的是到用时方恨少。有一次，一个学生问我"双杠"的英语是什么，我告诉了他。他说他问了几个老师都不知道，我回答出了，他佩服我。我听出来这是个顽皮学生，他不是真的问问题，是来考教师的，因为他没有问那个词的拼写，那个词的拼写比较复杂。我告诉他，我是背词典的，背过分类词典，运动方面的词汇我掌握了。我借此传授学习方法，让他背词典。

我说的这还是常用词汇，李习俭比我厉害，有一次与外籍教师谈话中，他连"宫外孕"都听出来了。这个词后来我查了，记几遍也记不住。李习俭与我同班同学，一同留校。他是我们说的"死雷子"的那类湖南人，后来当过系主任。

我进大学一年级就加入了学院管弦乐队，吹奏长笛和萨克斯。我们在校园给舞会伴奏，给运动会演奏，参加校园文艺演出。我成为教师以后还是与学生一起在乐队里玩。1964 年国庆节，武汉市政府指定我们学院管弦乐队参加庆祝游行活动。提前一周，我们集中在原武汉展览馆练习。国庆节那天上午游行时，我们穿了借来的警察白色服装，走在队伍前头。队伍从中山公园出发，经过武胜路顺中山大道行进到一元路解散。

我喜爱的运动属于温和型的——游泳和乒乓球。1965 年，我报名参加横渡长江的活动。我通过了游泳能力测试，在东湖的静水里游了 800 米的距离。就在那个星期六要到长江参加横渡的当天，我母亲从汉口过江来学院把我拖回家了，不许我游泳。这是因为，就在这前一天，前面说到的梅姑妈到我们家来对我母亲哭诉她的二儿子，就是带我去看大舞台戏的那个二表哥游泳淹死了。

二表哥身体壮实，在武昌桥头一个什么单位工作。他经常下班后与同事们去长江游泳。那一天，一同去游泳的同事们回来以后没有看到他，回到江边找他，发现他的衣物在岸边，于是一边搜寻，一边去告诉了他的家里人。姑父赶去江边，请人下水没有能够捞到表哥。次日，他们去到阳逻，那里长江有回流，有淹死人的都去那里找。他们一到，就看到二表哥的尸体漂起来了。

梅姑妈的哭诉吓得我母亲一晚上没有睡好，第二天就赶来学院把我拖回家。但其实她并不知道我将参加横渡长江的活动。

回忆我一生，至今还算平安，不是大富大贵，也没有受大的贫穷苦难。人们常说"平安是福"，尽管遭受过小小的屈辱，痛苦，能够平平安安就应该感谢上苍赐福了。

后主，您说"故国不堪回首月明中"，是因为您出生于帝王之家，又安享九五之尊，后来"一旦归为臣虏"，受尽屈辱，所以往事不堪回首。而我现在回想我的一生起于平凡，归于平淡，我回首往事的心情只是平静。要问我，如果还能从头再来，我愿意再这么过一生吗？我将立即回答，"谢了，不。"

哀哀父母，生我劬劳

诗经·蓼莪

蓼蓼者莪，匪莪伊蒿。哀哀父母，生我劬劳。

蓼蓼者莪，匪莪伊蔚。哀哀父母，生我劳瘁。

瓶之罄矣，维罍之耻。鲜民之生，不如死之久矣。

无父何怙？无母何恃？出则衔恤，入则靡至。

父兮生我，母兮鞠我。抚我畜我，长我育我。

顾我复我，出入腹我。欲报之德。昊天罔极！

南山烈烈，飘风发发。民莫不穀，我独何害！

南山律律，飘风弗弗。民莫不穀，我独不卒！

这首诗表现了古人感情的真挚。"无父何怙？无母何恃？出则衔恤，入则靡至。"这句话的意思是"没有了父母，出到外面就感到悲悲戚戚，回到家里空空荡荡，好像没有家一样"。我的父母早已过世，我想到他们心里还是悲悲戚戚。

我的父亲在日寇侵华时的逃难中死于万州。那时候我两岁半。那一年夏天特别热，我头上长满痱子和小包，烦躁不安，整天哭闹。父亲得整天抱着我走动，连晚上也不能停住脚步，一停下我就哭。父亲本来就疾病缠身，因此病情加重，到 10 月份就归天了。他们说父亲是我哭死的。

父亲的棺木暂厝在山坡。抗战胜利后我们全家回到武汉，又过了一年，祖父派大表哥黄兰亭去接他回来。兰亭哥用蓝布做了大罩子把棺木包裹好运上船，以免船上乘客看着不舒服。棺木直接运到蔡甸老家，买了块地安葬。我没有看到安葬过程，后来母亲带我们去乡下看了父亲的坟墓。我记得母亲坐在坟头草地上哀哀哭泣。

后来几年，我们去上过坟。再后来我们去扫墓，乡下人告诉我们，墓已经找不到了，被平了，有人犁了地种了庄稼。我那时小，不知道祖父有没有追究此事，为什么我们买下的地可以被人侵占。父亲的坟墓无端被平了，是无可奈何的事。我读到《古诗十九首》里有一句"古墓犁为田"，想到两千年来生活的重复再现，不禁感慨万分。祖父不把父亲接回，让他成了异地他乡的孤魂野鬼，心中一定不安。花费一千多银元接回安葬，后来是连墓也找不到了，确实无可奈何，但是他安心了。母亲去世后，我们后人为父母亲营建合葬墓，里面放了父亲的遗像。这也是形式，求得安心。

母亲说父亲临终昏迷，口中重复说，"螺丝弯弯就"，不明白是什么意思。螺丝是小贝壳动物，"就"是武汉方言，意思是"弯曲的样子"，不知道怎么写。我们一直都猜不透父亲临终遗言的含义。这谜一直在我们心中几十年。后来我看了电影《公民凯恩》，凯恩临终昏迷，念叨"玫瑰花蕾"，众人探寻这意义，后来发现是他儿时的玩具。我猜想，父亲说的会不会是与他儿时的游戏有关。

2015 年 8 月我因为感冒发展成支气管炎，住在武汉市二医院治疗。同病房七个病人，其中一人 60 岁上下，比较健谈。有一次他谈话中说到，"螺丝弯弯就，总归有出路（武汉方言读作 lou）"。我一听立即坐起来，在他说话间隙，打断他问，"对不起，刚才你说'螺丝弯弯就'，下一句是什么？我没有听清。"他回答说，"螺丝弯弯就，总归有出路。"另一个病人也附和说同样的话，好像这是武汉市街头巷尾百姓口中常说的话。为什么我直到那天才听到。

家里存在几十年的谜得到解答，我好兴奋，当即打电话给德姐。我告诉她这句话，还说我知道父亲为什么临终说这话。我理解的是他虽然体弱多病，一生没有工作，他还是想奋斗，求得出路的。

次日德姐打电话给我说，她认为父亲的遗言是在安慰母亲。我们一排儿女虽然小，将来自会有出路，不要着急。我一听立即明白德姐说得对。父亲撒手人寰，留下孤儿寡母。六个孩子，最大的是德姐只有九岁，比肩而下，最小的妹妹不足半个月大。这样子让母亲怎么过？我可以想象到父亲临走是多么放心不下。感谢老天保佑，生活按父亲的遗言发展，后来我们这些小螺丝有了出路，在社会上立足，成家立业，还都一生平安。

当然我们的生活一直是依靠祖父。他是一家之主，养育三女一子，还养育他们的后人，即他的第三代孙子外孙十余人，都箍在一起。那大家庭的生活就像巴金的小说《家》《春》《秋》里描写的那样。我父亲夭逝，使得他经受了老年失去独子的悲痛。他支撑着抚育我们，其中还熬过了抗战的艰苦岁月，一直到新中国成立后他的生意倒闭，我们也都自立了，他才歇息。

我父亲断气的时刻，母亲却跑出去了。她去投河轻生，想要以她的死换回我父亲。万州有一条河通往长江。母亲跑到河边，见到一个男孩，把两元钱塞在她的帽子里给那男孩，说了家庭地址让那男孩拿了帽子去报信。那男孩见我母亲的神情好像有些不对，不肯离开。母亲往河下去，走入水中。男孩就大声叫喊，引来船户救援。母亲已经被水冲到河口快进长江处，被船户用竹篙钩住衣服拖上了船。那是十月份，她穿着毛线衣服，所以能被钩住。船户用椅子抬了浑身水淋淋的母亲送回家，就向家里人要钱。家里人给了他们钱，他们嫌钱少，不肯走。我祖父说家里发生这样的事情，人还躺在床上，这么个情况，实在是遭难了，他们才拿了钱离开。

父亲逝世的时候仅仅 31 岁，母亲不满 30 岁，望着这一排孩子，实在是难以看到前途。我母亲坚强地活下来，勇敢地担当起抚育我们的担子。亲戚邻里看到我母亲受穷受累，含辛茹苦把我们拉扯长大，培养成人，都不免衷心赞扬。他们交谈中说了很多事例后，常常用一句总结："宁死当官的老子，不死讨饭的娘。"在那个时代好像这样的妇女不少见。我的同学和朋友中好几个都与我命运相同，即父亲早亡，母亲年轻守寡，把我们拉扯长大。这些孩子成人后都知道母亲一生的不容易，事母极为孝顺。

我母亲一生勤劳，勤俭持家，家里经济困难，但是里里外外安排条顺，让我们孩子穿得整齐，走出去保持体面。我们穿的布鞋都是她做的，从糊鞋衬，纳鞋底开始。糊鞋衬是把旧衣服旧床单剪开，自己调糨糊一片片贴在大木板上，一层层糊得较厚，晒干了就剪成鞋底，好几层鞋底用线纳在一起。将鞋底鞋帮找鞋匠绱。鞋子穿来合脚舒适。我们的脚长得快，每年要换，单鞋棉鞋要做很多，所以经常见到母亲糊鞋衬，纳鞋底。我一直到上高中穿的鞋都是母亲做的。

母亲参加军属生产合作社，打毛衣贴补家用。这活可以拿回家做，常常看到母亲做到深夜。我上高一时不得不戴眼镜了，买第一副眼镜用的就是母亲打毛衣挣来的钱。这是母亲辛苦操劳的极小的例子，说明她如何养育我们成人。

我们兄弟姐妹从小不打架骂人，不说粗话。这当然是祖父言传身教形成的家风，但是具体培育我们好品质的是我母亲。她只要发现我在街上学来粗话就要严厉制止。只要提醒一次我就知道分辨，不会再犯。

像中国大多数母亲一样，抚养一代抚二代，我们的子女也是我母亲带大的。我们长期经济拮据，拖累她跟着受苦。1969年，我女儿出生不到半个月，我就不得不离家，把孩子交由母亲带。那是因为全国的大专院校都要撤到离城市二百公里以外进行战备。学校实行了军事化，系里是营连排编制。我必须跟学校去，不得拖延，已经是批评我家庭概念太重。我们学院去了大冶。过了半年我回到家，邻居告诉我，奶奶带孩子全心全意，总是一手抱孩子一手做事，不让孩子哭一声。那段时间妻子整天上班，全部家务都是母亲做的。

母亲对孙辈的照护不是出于责任感，而是出于真心的爱。看到我儿子患腮腺炎，脸的下端肿大，病恹恹地坐在被子里，她急得掉眼泪，说大人害病知道说，小孩害病说不出哪里痛，真是可怜。她去太原德姐处住一阵，把我女儿带在身边。我女儿在太原住很长时间，在那里开始上学。后来我妻带我儿子去太原，儿子坚决要拖了姐姐回，女儿才回到武汉。我发觉女儿起了一个大变化，就是在太原受到她大姑的培育，变得非常懂事了。我当然感激德姐，归根结底还是感激我母亲把我们兄弟姐妹团结成一家人。

有段时间我们的住房是由学生宿舍改的，盥洗室在走廊中段，我们住房在东端。母亲拿菜拿衣服去洗，总是两手提得满满的，因为来回拿东西不方便。冬季里长时间站在盥洗室里吹着北风，手浸在冰冷的水里洗衣服洗菜真的是很要命。母亲的鼻端总吊着一滴清鼻涕。那时，她已经年过花甲。

母亲当小孩时她的家庭富裕。有一次上街，她见到风琴想要玩，外公就掏了180元买回家。她曾经出席音乐家周小燕的婚礼。她嫁到我们余家，有丫头老妈子伺候。而她中年以后不幸遭遇战乱，家道中落，生活艰难，她挑起家庭重担，做家里一切苦活脏活，没有听到她抱怨一句。面对巨大的落差，她坚强乐观地生活，给了我们一个温暖的家。她的人格真的是贫穷不移。

外公思想保守，认为"女子无才便是德"，没有送我母亲上学。母亲靠自学，后来能够读书读报。她喜欢阅读，读了很多小说，最喜欢的作家是老舍，冰心和巴金。这在她那一代人中是很了不起的，我指的是包括男人。我甚至敢说放到现在都是很不简单的。母亲读报纸杂志，剪下好文章贴在过期杂志上，这样的剪报积累了三本。我现在还保留有一本作为纪念。从她收集的文章看，她的兴趣很广泛。人文知识，天文地理什么都有，其中有很多是京剧方面的。母亲酷爱京剧，能欣赏，还能哼几句。有一次，梅兰芳来汉口大舞台演出，票卖到6块银元一张，她也去看了。她在清贫的生活中保持着优雅。一直到老，头发梳理得一丝不乱。

母亲身体瘦弱，精力还算可以，而参与生活的意念却比较强。她将我们的生活安排得条顺，让我们平安成长，安心读书，安心工作。渐渐地我们自立了，她清闲下来反而苦恼，越到后来越严重。她年过古稀时，思维还很清晰，总是按习惯要参与我们的生活，而不想成为不被需要的人。我当时理解不到这心情，对她总是一句话，"您不用管，您别操心"。

举个例子说，有一次，我的大学同学张新生去香港探亲，路过深圳来家里看我。她要问清楚他是谁，叫什么名字。我请她不用管，说他只是路过，以后不会来，记住没有用。母亲说，"我不是个活死人，整天吃饭睡觉。"

母亲体力衰退的过程很清楚，也就是几年时间的事。早几年，我的姐妹哥哥来深圳，她可以陪着去香蜜湖游玩。后来只能到荔枝公园走一走。最后连上下楼都困难。我们住在 7 楼，没有电梯，她下去就上不来。她整天关在楼上当然很闷。我也想不到办法解决这问题。我的房屋住定下来换不到楼下的，那时也没有房屋出租。我请大哥在武汉他家附近租房，把母亲接来，雇个保姆伺候，我出一切费用。可是那时候武汉也没有房屋出租。

我家的生活比较沉闷，几个人只顾自己的工作学习，比较少交流。我们也没有亲戚朋友来往。现在城市公寓的通病是邻居不串门。所以母亲整天只是读书看电视打发日子。到后来耳朵聋，眼睛视力衰退，不能读书看电视，她的生活里就没有什么乐趣了。她常常拉我说话，她说我知道你忙，只说一句话。我就听她说。但是几次以后说的还是那些话，我就失去耐心了。回想起来，我的祖父回家来常常与我的祖母说话，把商行的事情和外面发生的事情说给她听。祖母也就是听着，不怎么说话。有人与她说话，她感到她就是存在的。我比祖父差之远甚。

日复一日，像坐牢一样关闭在高楼，无事可做，无人说话，真的是不堪忍受。有一次，她烦恼地说："我当初不应该管你们六个，应该找个人嫁了。"我母亲不是死于疾病，而是死于孤独。我现在想来，不仅是内疚不已，而是感到有罪过。我在她身旁，好像是没有我这个人。

母亲去世前一天拉了血。由于她一直患痔疮，隔一段时间就拉血，所以没有引起我的重视。她习惯坐痰盂大小便。我端痰盂去倒，看到那次血较以往多，颜色发黑，而且有成块状的，就有些紧张。我打电话问我的一个医生朋友，以往我母亲生病也是他看的，常来我家坐。他判断是应激反应，让在家观察两天再说。

但是就在次日中午，我下班回家，到房里请母亲吃饭。我叫唤两声，她没有反应。我以为她睡着了，用手轻轻一推，发现她手臂凉，身体僵硬。我一试探，她没有鼻息了，我就慌了。德姐就坐在门外厅里，我叫她赶紧进来瞧。我们判定母亲已经去世了。这以后的事情我不想说，安排后事的过程都是同样的，说来伤心。那天是1993年2月20日。母亲享年80。

我将噩耗打电话告知武汉的家人。那时候只有妹妹家里安装有电话，我打给她，由她去告诉另外几个人。那天我的大哥，姐夫在二哥家打麻将。他们都听到有人敲门，很清楚。姐夫起身去开门，他把门打开，看到门外没有人，就关门回来。他刚坐下，又有敲门声。他再去开门，见是妹妹，就让她进屋。妹妹进屋就哭，说母亲去世了。大家很吃惊，说是前一次是母亲敲门，母亲回家了。在此我得申明：我此书说的全部是实话，没有丝毫虚构。尤其是记叙母亲逝世的事情不会胡言乱语。

我总是在想，如果母亲能够多活几年，现在和我一起住在武汉，兄弟姐妹常来陪她打牌该有多好。真的是"子欲养而亲不待"。现在她的照片挂在墙上，看着友益街、天声街，那是她50岁时生活的地方。她说过那是她一生中最愉快的时光。那时候子女围绕在她身旁，组成温暖的家庭。

泛若不系之舟

人有天性。以我们六兄弟姐妹为例，同一父母所生，于同一环境成长，却各有不同的性格爱好特长。爱好阅读出自我的天性。由阅读发展到写作，都是出于爱好。

我有自学的习惯。我在小学低年级时就读了高年级的课本，那是因为每逢开学，姐姐哥哥拿回的语文课本我都要拿来读。祖父的书《古文观止》《东周列国志》《聊斋志异》等我也读。我读书不借助词典，有不认识的字，不懂之处，也不问人，能够读懂文章的大致意思就可以了，不想因为查词典、问人而中断阅读，减低阅读兴趣。有一次，祖父见我读《聊斋志异》，问我能不能懂，随便指了一篇让我讲给他听。我都讲对了，就是被"批颊"一词难住，祖父说这是打耳光的意思。他看出我基本能懂很高兴。他坐在沙发里，其余兄弟姐妹在他面前站立着听我讲。我看到祖父满意的笑容，很是愉快。

我读书不算勤奋，读的书不多。因为缺乏指点，没有人与我开列必读书目进行系统学习，我读的只是能接触到的书。我全凭兴趣引导，泛泛而读，有喜欢的书就会细心地读。我在小学时读了夏丏尊著的《文章作法》，读得仔细，还写了摘要。这不是学校布置的功课，只是自己喜欢，认为好，有帮助就记下，没有想到这是用功，也不是为了提高学习成绩。

我喜欢读诗，读到一些好的古典诗词，我会用心背下。记得是在北京路小学上六年级的时候，一次课间休息，我站在教室外的走廊上望着从天而降的鹅毛大雪，对面隆茂打包厂的红砖墙楼房向上升去，在一片静谧里，我默念着杜甫的诗《赠卫八处士》。其中的诗句"人生不相见，动如参与商""今夕复何夕，共此灯烛光""明日隔山岳，世事两茫茫"中的感叹真的使我感动。"昔别君未婚，儿女忽成行""怡然敬父执""儿女罗酒浆"这写的不就是我们去造访 20 年不见的老同学的情况吗？而这诗句不是昨天写的，不是去年写的，是一千多年前写的。后来我们大学同学举行毕业 20 周年聚会的邀请函由我执笔写，我全录此诗作为附件。同学们说，这是谁选的诗，太符合我们的情况了。古人并未远去，与我们有着大致相同的生活和思想感情。我至今还读古诗词，感觉我和古人生活在一起，于是忘记尘世的烦恼。

在大学任教，教授的是英文，又不能忘情中文，欲兼顾两者颇不易，起初很苦恼，我不得不正确处理专业与爱好的关系。我认识到，必须首先把本职工作做好才能心安理得地追求业余爱好。我成功地做到了这一点。我授课的年级有 4 个平行班，我教其中一个班的精读课，实际上是负主要责任的，我必须使我的班不落后其他班才不会受人窃笑。我一定首先要教好课才能对得起学生。我做到了这一点，我与学生既是师生又是朋友就是证明。前年我的学生举行毕业纪念聚会邀请我参加活动，有个学生抱住我说，老师，我记得你当年要我们背词典。我回答说我自己也背词典，还背分类词典，很有益处的。

我在英文教学方面没有大的抱负，但是也教到了高年级的翻译课和作文课。我翻译的文章《丝绸》登载在《世界文学》杂志上，这是国家一级刊物，证明我的水平还可以。我翻译了阿加莎·克里斯蒂的名篇《罗杰·艾克罗伊德谋杀案》，本来是被《长江文艺》杂志决定录用，插图都已经画好，后来被挤掉了，再也没有面世的机会。我还翻译了小说《珊瑚岛》，联系不上出版社，后来译稿在搬家时遗失。在教授翻译课时，鉴于当时全国没有好的翻译教材，我就计划编写，已经在积累资料，可是此项工作因生活中受挫折而夭折。我说这些只是想说明在英文方面我不是混日子，没有因为业余爱好的冲击而贻误安身立命的主要工作。

退休以后，英文再不是稻粱谋的工具，我可以不理会它了，可是我对这和我纠缠一辈子的老朋友有感情，不舍得离弃。我现在还读英文小说，看英文电影，听英文歌曲，从中得到乐趣。

我一辈子从事英语教学，知道学习英语的规律。现在英语受到重视，很多家庭让子女从小就开始学英语。家长是如何让儿童学习英语的呢？他们送他上双语幼儿园，上英语培训班，买了儿童英语教材，请了老师教他，甚至是花重金请了外籍教师来教他，每周三次，或是每天一次，每次一小时，或是两小时，要儿童读啊，记啊，可是你检查过这样学习的效果没有？儿童还是不会说英语，真是叫人丧气，老是责怪儿童太笨了。但是真的是儿童笨吗？你是否注意到，一个儿童不管多么笨，学习其他课程可能有困难，学习汉语绝对没有困难；学习阅读和写作可能有困难，听和说绝对没有困难，你不用刻意地教他，他可以和你对答如流，这是为什么呢？原因很简单。他生活在汉语的环境中，在他会说话以前他就听了很多的汉语，一岁以后他听的、说的都是汉语，大量的生活中的实践让他很轻松地掌握了汉语的听说能力。这使我们认识到：学习语言是要有一定的环境的。

我国两千多年前的先贤孟子说过，"一齐人傅之，众楚人咻之，虽日挞而求其齐也，不可得矣。引而置之庄、岳之间数年，虽日挞而求其楚，亦不可得矣。"这段话讲清楚了语言环境、生活实践对语言学习的重要性。他说如果让一个楚国的儿童学说齐国话，请一个齐国人来教他，而周围的楚国人叽里呱啦地说楚国话来干扰，就是每天用鞭子打他，要他学齐国话，也不能达到目的。要是把那儿童放在齐国的闹市街头过几年，虽然每天用鞭子抽他，逼他说楚国话也是不可能的了。

看到社会耗费大量投入在英语学习上而收效不大，我想应该尽绵薄之力做点工作，帮助少儿学习英语。十年前我编写了一部少儿英语教材。此教材将儿童从早到晚可能用到的语言素材编入课文中，生活中使用频率最高的吃喝拉撒睡的词语，不见于正规教材的，都尽量收入了，很为实用。本教材与众不同的特点是，它要求家长与儿童一起学，学了就在生活中经常与儿童用英语交流。

教材编好以后送去一家出版社。编辑审阅后上呈社长看了，回复说，教材编得符合水平，也符合社会需要，但是——什么事情都怕"但是"——现在这类教材在市面上很多，害怕发行不好，出版社亏本，要求我放弃稿费出书。我有时候是不冷静的，我说这样是太不尊重我的劳动了。其实我应该答应这条件的，出版社确实担有风险，我也不在乎那点钱。以前出书比这更苛刻的条件我也接受了，那次不知道是怎么犯糊涂。我一辈子教英语，出本英语教材才算是有成果，对我的重要性不言而喻。那编辑为我这书争取到能够出版费力不小，听到我的回复就不再说话。这事情告吹，我也没有精力去联系别的出版社，这教材就此搁置至今。

按说我还可以做些英语方面的工作，但是我不感兴趣，现在我主要时间用来进行中文写作。我与人谈论的是文学，电影，以至于初相识的人不知道我是英文专业出身的。其实很多人都是跨界工作，而且成果丰富。我也是跨界的。这跨界让我得到互补的益处。说句玩笑话。我貌似作家，但是我不是中文系科班出身，学无专长，一知半解的知识缺乏系统，知道的文学专业术语不多，遇到正牌作家或中文系教授不免心虚，底气不足。不过我不会感觉矮了一截，我会说，对不起，我是学英文的。反过来，遇到英文系的教授我也不会胆怯，我会说，对不起，我现在用中文写作，英文忘得差不多了。

我一生在文艺方面的两大爱好是诗歌与小说的阅读与写作，电影的观赏与电影剧本的创作。历年来我写了一些文学作品，加入了广东省作家协会。我不是专业作家，充其量只是文学票友。文学艺术工作分为两个方面：创作与理论研究。有的人从事创作，有的人从事研究，而这两方面是相辅相成的。我写诗，同时我学习诗歌创作的原理，著有《诗歌写作入门》。我还编有《传家诗》，是潜心学习汉诗的结果。我写影视剧本,同时学习影视剧本创作理论,著有《影视作品赏析与影视小说创作》。创作有规律可循，绝不是天马行空。

"开口咏凤凰"，我的写作没有什么入门阶段，不知道循序渐进。除开翻译过小说，试着写过小说外，正规的写作一开始写的就是红学论文。读书期间无事，我就翻阅《红楼梦》。初始也只是泛泛而读，后来有一处使我疑惑不解就仔细读了。贾宝玉《四时即事诗》写怡红院里的生活，其中一句是"女奴翠袖诗怀冷"。我是把这诗作为写实看的，每一句都应该有着落。那么怡红院里这位会作诗的女奴是谁呢？经过探究细查，我发现这女奴是晴雯，而晴雯与林黛玉是一而二，二而一的两个人。到后来我判断林黛玉的真实身份不是贾宝玉的表妹，而是他的丫头，是看守他书房的。这是石破天惊，两百年来的《红楼梦》研究中没有人说过这话。请想一想，林黛玉初进荣国府时出现的一件奇怪的事情，她被安排与贾宝玉一起住，而不与表姐妹住。这在礼法森严的贵族家庭里是不可能发生的。还有，为什么贾宝玉多次说"我和你从小一个桌子上吃饭，一个床上睡觉"？为什么刘姥姥说林黛玉住的潇湘馆是公子哥儿的书房？我把对这问题的研究写了一篇文章，继而又对其他方面进行钻研。我是下了大功夫的，仅荣国府院宇图的绘制就耗费了近半年时间。这幅图可以帮助读者阅读理解本书故事的空间背景。我一共写了十几篇论文，将近十万字，结集发表在一个内部杂志上。文章没有引起任何反响，我想以后重读《红楼梦》，深入钻研，补充写几篇文章，然后把我的红学论文通过正规渠道发表出来。

长篇英雄史诗《射日奔月》的创作源于阅读。我读屈原的《天问》，为里面的传说故事感动。后羿高大的英雄形象展现在我眼前。人们说起英雄，都指赫拉克勒斯，可是有谁知道后羿的神力远超过世界任何英雄呢？古代英雄都是战天斗地，与大自然做斗争。后羿与他们一样创造了辉煌的业绩，而超过他们的是，他射日的神功举世无双。我应该颂扬我们自己民族的英雄。我继而读了《山海经》等著作，随着深入学习，一个多姿多彩的神话世界展现在我面前。古人传说与历史不分，神话是历史的折射。明白这一点就知道自己写的将是浪漫主义的，同时也是现实主义的，与魔幻截然不同。因此我把我书里的故事情节都注明来自《天问》《山海经》或哪一本典籍。像杀长子祭谷这样的习俗，古时候很多民族都曾经有过。天下大旱，流金铄石，烧死女巫求雨，古代很多民族也是这么野蛮。后羿的妻纯狐谋杀了他，将他烹了分给众人吃，还盛一碗给儿子吃。儿子不吃，"哭死穷门"。这些是多么难以思议，而完全是有根有据的，绝非我胡编乱造。我们只知道希腊神话，不知道我们的神话同样瑰丽。我决心以后羿这个英雄为主线讲述我们的神话。

采用什么体裁写使我很苦恼了一阵。一开始我打算以诗歌为体裁，因为激情用诗才能表达。另外，我主要的想法是很多民族有英雄史诗，而我们汉民族没有。英雄史诗是用长诗歌颂古代的英雄。我国近几十年出现了一些长诗，但是它们不是歌咏古代英雄的，所以不是英雄史诗。我要填补空白。但是诗歌的读者少，我能预见到发行的困难，而以小说为体裁可能立即畅销。我最终还是采用诗歌体裁，创作了鸿篇巨制的英雄史诗。我以史实和传说为依据塑造了后羿这悲剧英雄。中国古往今来充斥着悲剧英雄。

《射日奔月》的稿子先后交给两家出版社看了，对水平都没有提出异议，只是说现在没有人读诗，这书卖不出去。真的想出版，可以用自费形式。我自己掏了四万五千元，在北岳文艺出版社出版了，印了 5000 册。这笔钱当时可以买一套房。书印好后，出版社不管发行，全部推给我。这书不论它是好是差，连在书店上架的机会都没有，在床下堆了许多年后按废纸每斤 5 毛钱卖出。我没有掉眼泪，但是我是楚人，我理解楚人卞和抱璞而哭的伤心。

创作《诗歌写作入门》的起因是个意外。1997 年我女儿在美国德克萨斯理工大学读硕士生毕业，我受她学校邀请去美国出席她的毕业典礼。在美国逗留期间我专门去了那所大学的图书馆，目的是查阅有关印第安人的资料。我用获得的知识写了一篇印第安人起源的综合叙述，文章的题目是《周口店——印第安人的故乡》，发表在国内一家杂志上。而在浏览大学图书馆藏书时，我看到有诗歌写作教材，而且有很多种。我想到中国是诗歌大国，诗歌古国，可是从来没有诗歌教材。我们历来只有零散的诗论。《唐诗三百首》《千家诗》《白香词谱》这样的书只是读本，不是教材，因为作为教材必须具备完整性，系统性，理论性，实践性和稳定性。我认为这是中国文学教学中的空白，需要填补。

回国后我与人谈编写诗歌教材的事，没有人感兴趣。拉不到合作伙伴，我就决定独自做此工程。我开始学习中外诗歌理论知识，阅读大量古今中外，各个流派的诗歌，拟定提纲，着手编写。我佩服孔夫子只用"情欲信，辞欲巧"六个字就概括了诗歌写作的理论和方法，就以对这两句话的演绎分别作为上下篇的内容来构筑全书。

书稿完成后投到花城出版社，仅仅 11 天后我就被告知获得通过。但是后来出现了障碍，书稿遭发行科一票否决，因为担心没有市场。出版社与我商量，提出条件：一、要我放弃第一版的稿酬。二、交 1 万元押金，书发行得不好，押金不退。出第二次加印时退回押金，开始付稿酬。我按此签了合同，书于 2001 年出版。

此书由花城出版社一共印刷三次，现在不再加印，而十余年来此书被非法盗版无法统计有多少。现在上网一查，正版的书卖到了 300 元一本。公开宣称是影印版的卖 20 多元一本，其印刷质量奇差无比。我是怎么知道的呢？因为书出版后，我先后送给亲朋好友 300 多本。好多年后还有朋友要，我已经没有了，只好网购来送人。结果在网上发现此书多年来都在被盗版销售。我得给朋友送书，只好也买，这样就出现了作者买自己的盗版书的滑稽事情。我投诉到一个什么局，得到的答复是，所说属实，我们管不了。作为一个专门挂名管知识产权的局机关都管不了，我小小一个个人更是无能为力。如果我要亲自去维护权益，我就不用生活，不用做其他的事情了。就算是那些书贩子是在帮我推广我的书吧，我还得感谢他们才对。

我的文学创作是随兴所至，各种文体都读都写，但是我平时的即兴写作喜爱的是写汉诗。日常生活中有些许感触，我就以汉诗记载，收集整理就成了附于此书的《关关集》。以汉语的语言和文字为载体的汉诗所具有的音韵美和形式美是外国诗和五四以来兴起的新体诗无法比拟的。

　　文艺方面我还喜欢电影。我嗜好看电影。电影是综合艺术，有故事情节，有演员表演，有音乐歌曲，有摄影美术，有时尚服装等等，引人入胜。我对电影着迷，看电影时我会激动，会大笑，会流泪。好的电影观后会使我沉溺于情绪中，三日不知肉味。我也对电影进行过深入的研究，这方面学习的成果是《影视作品欣赏与影视小说创作》。由开始收集资料到写作完成，我整整花费十年时间，真的是"十年磨一剑"。此书于 2014 年由武汉大学出版社作为高等院校通识教材出版，已经有两次印刷。

　　我掌握了电影剧本写作技巧，就写电影剧本。我喜欢文学的这一直截了当的表现形式。前面说过我写《文天祥》电影剧本的起因。早在拜谒位于深圳赤湾的宋少帝陵时我就萌生了写南宋灭亡的事件的念头。在陵墓侧面关于修建陵墓的文字介绍中我读到蒙古军队的将领名叫张弘范，是汉人，历史知识不足的我大吃一惊。我一直以为是蒙古人灭南宋，没有想到的是汉人带兵。这恐怕是很多人都不知道的事情。我找这方面的资料学习，发现这次战争是中国历史上具有转折性的一个大事件，而且对此事件的性质和意义，学者们有很大的争论。我想到的是这事件的很多方面对现代人都有启示作用。如果用小说形式反映出来会很引起大众注意。我就收集资料准备动笔。

　　我去了广东省新会的崖山了解到更多事实。在最后一次宋元海战中，宋方有战船一千多艘，人员 20 余万，其中大多数是文职官员和勤务人员。元军有战船 600 余艘，兵力 6 万余人。那样的海战激烈壮观。最后宋军惨败，牺牲无数。陆秀夫背了 8 岁的少帝赵昺蹈海，跟随投海的南宋官兵、宫女不计其数。七天后海面漂浮英烈尸首十余万，他们的气节震撼天地。我站在纪念馆里，浮想战争场面，不禁心潮澎湃。我决心要写好这段史实，不让英烈沉浸在冰冷的海水里，千年怒气不消。小说《文天祥》已经有了提纲和故事梗概，正文也写了一部分。电影剧本是提炼浓缩情节而成，电影在筹备拍摄。现在我又回头完成小说，如果小说能与电影同时推出就好了。

在写作《文天祥》期间，我抽时间写了电影剧本《西部情歌王》。2013年我读到有关王洛宾的资料，其中有说到他《花儿与少年》的创作。我想起我在高中时参加中学界举行的文艺汇演，我们学校乐队为市16女中舞蹈队伴奏演出这个歌舞的往事。我是乐队里吹竹笛的。又想到我小时候唱了很多王洛宾的歌曲。往事历历在目，我充满激情，于是写了电影剧本《西部情歌王》。剧本发表在《电影文学》杂志上。能够在国家一级核心杂志上发表文章是少年时的最大梦想，按说是圆了我的文学梦，应该满足了，可是人的追求是一步步向前，我又想把这剧本推上银幕。不管怎么说，电影剧本没有被拍摄成电影只是半成品。我为此所做的努力写在《命运唤我奔向远方》一节中，这里不多说了。

我是想到什么事就要做的，不做就会老是搁在心上。前年想到中国的教育传统是"诗礼传家"，我应该编一本经典诗词选集供人学习，不仅少年可以读，而且老年人也可以读，于是就有了《传家诗》这本书。这是一个选本，做选本的工作是两部分，一是选，这好像是一般人都可以做的事情，其实不然。入选的必须是经典的，不可以遗漏；而差的不可以混迹其中。这就得看选家的眼光了。比如唐诗曾经有很多选本，最后还是蘅塘退士的《唐诗三百首》受到欢迎，得以流传。二是做注解。古诗中有些诗句是我们后人读不懂的，需要选家加以注解帮助我们读懂。这就得看选家的学术水平了。这确实不是简单的工作。我们只要仔细研读，就会发现有些选本的注解是错误的。有学者痛斥这些注解对原诗为害不浅。编辑《传家诗》也是因为我在学习古典诗词时，发现选家的注释不能令人满意，我要对某些容易产生误读之处提出自己的意见。比如为大众背诵得滚瓜烂熟的《枫桥夜泊》短短的四句诗里就有多处出现不同的解读，真是令人难以置信。很多选本解释"月落乌啼霜满天"是月落使得鸟受惊而啼。这显然不对，没有见到自然界有这现象。应该是诗人久久无眠，看到月渐渐落，听到鸟不安地啼，看到满天霜，这是没有关联的三件事情。"夜半钟声到客船"一句出现两个解释，一是夜半钟声传播到了客船上；一是在夜半的钟声里，客船到岸。当然是前一理解对。韩愈的《雉带箭》前人认为是赞扬将军而我读来是怜悯雉。杜甫的《望岳》中的"荡胸生层云，决眦入归鸟"，前人的注解都是说，层云荡的是诗人的胸，诗人看飞鸟看得决眦，眼眶都裂了。我认为层云荡的是山的胸。人在山下望见山上有云，及至到山上只觉得周围都是雾，看到的不是云。诗人此时在山下，胸前不可能有云。他看到的是层云横在泰山的胸部，以此形容泰山之高，这才符合"望岳"之望。说"决眦"是眼眶裂了也没有道理，长久注视时不会张大眼睛。"决眦"是形容大山的缝隙，归鸟飞入了山的像睁开的眼一样的缝隙。两句都是写山的。杜甫的"语不惊人死不休"，一般认为是自夸，我解读为自嘲。这不是写诗的正确态度，不可以用这句诗来鼓励学生把文章写好。刘禹锡的诗句"沉舟侧畔千帆过，病树前头万木春"，以前的人理解为"沉舟""病树"是受嘲笑的，认为"千帆过""万木春"写的是欣欣向荣的势力。我认为前二者是诗人自况，后二者是形容追名逐利的小人，乃愤激语也。鲁迅的名句"横眉冷对千夫指"被有的人理解为，即使是千人用手指着我，我也横眉冷对，这显然是谬误。《传家诗》于 2015 年由武汉出版社出版。

在文学的海洋里我是"泛若不系之舟"。我的创作是由兴趣引导，信马由缰，想到什么写什么，不分品类，不拘体裁，因此周乐群教授笑我是东一榔头，西一棒子。让一个自学还不知道是否已经成才的人动笔写作需要勇气。我鼓励自己说，我写作是出于爱好，不为名，不图稿酬买米，因此可以不计成败。我不是专业作家，不怕人笑话写得不好。另外我想吾诚不才，他人亦非高得使我兴叹搁笔。因此我凡有感触即深思，有创意即创作，无所畏惧，无所拘束地提笔写作。我阅读，我写作，阅读和写作相互促进。阅读启发写作，为写作进行阅读。

我写作不像有成就的专业作家那样口吐珠玑，下笔万言，而是有了立意立项就边学习积累边写作。一个项目完成后，我在那个方面的知识也丰富了。比如我写《诗歌写作入门》一书，由于我的立意是讲诗歌创作的普遍原理，不是只讲汉诗或外国诗，因此，我学习了古今中外的诗歌理论，读了古今中外各个流派的诗歌。我的书中引用的诗就达到200余首。我写《影视作品欣赏与影视小说创作》一书时，读了影视方面的理论书籍，观赏了数百部电影，其中包括历届奥斯卡获奖影片，希区柯克电影全集，克里斯蒂电影全集，007全集等。这一本书就耗时十年，真的是"十年磨一剑""十年辛苦不寻常"。要说辛苦也不算辛苦，因为我乐在其中。

　　学习的目的是积累知识，更重要的是启发智慧。二者不可分，即知识积累启发智慧，智慧赋予知识灵魂和生命。学道之人喜欢说"开悟"，似乎是可遇不可求的灵光一现。我在学习过程中没有出现这种奇迹。我认为开悟就是"融会贯通"，即知识积累到一定程度有了举一反三的能力，可以触类旁通，从已知推测出未知，对知识有了整体有机的掌握。学习要有"悟性"才能有收获，取得进步。

　　学习应该广泛阅读，进行比较思考。比如我读到金圣叹的言论："看诗气力全在看题。有气力看题人，便是有气力看诗人也。"就很注意看题，使我学习能够有正确的理解。题是全文画龙点睛之笔，不可忽略。如杜甫的名句"语不惊人死不休"，历来都认为是自夸，教师常以此句鼓励学生写好作文。是这样的吗？此句出自《江上值水如海势聊短述》。读题应该预期诗里会有江水势猛如海的描述，可是全诗无一句涉及江水，全是写的诗的作法。回看诗题写的是江水如海势，江水能够如海势吗？当然不能，虚张声势而已。因此我知道"语不惊人死不休"不是自夸，而是自嘲。

　　晚唐司空图撰写的《二十四诗品》中有句"遇之匪深，即之愈希。脱有形似，握手已违"，是说写诗要自然，不可强求。美国诗人狄金森的诗《美，不能造作，它自生》全诗如下："美，不能造作，它自生——刻意追求，便消失——

听任自然，它留存——"以此观照杜甫那句诗，确实是被人误解了。

孔子曰，"学而不思则罔，思而不学则殆。"学习由深思而领悟，要深思才能探得精髓。语言学论述，一句话有表层意义和深层意义。一篇诗，一句诗也是具有表层意义和深层意义。不深入吟咏，不能领悟则无所得。我数十年反复诵读《唐诗三百首》里的诗篇，每次读都有新的收获。前几年读到韦应物《东郊》中的一句"微雨霭芳原，春鸠鸣何处"，深爱其意境。诗中描写的美景引起读者迷惘，而其深层意义是说人对美的追求永远无法达到。这可能不是诗人想说的意义，但是他表现出了，这就是这诗句的意义。诗一旦写成便交与读者，读者可以赋予各自的意义。我能够领会这深层意义，很为欣赏，便引用此诗句作为我的诗集《关关集》的献词。美的最高境界是迷惘。

我读到陶渊明《归去来兮辞》中的一句"景翳翳以将入，抚孤松而盘桓"，揣想诗人形象。太阳昏暗，将要入土，他抚摸一株松树，流连忘返。仅仅如此吗？他为什么要抚摸松树呢？他此时在想什么呢？我们要知道夕阳象征人的暮年，松树是长寿的象征。一定要探寻到这深层意义，才知道两句之间的联系，知道诗人想的什么。他在感叹人不能如松柏常青。如果理解不能够深入到这一层，这句诗就白读了。

一个人应该有广泛的兴趣爱好，扩大阅读面，丰富自己的知识。柯南·道尔说，福尔摩斯很无知，他连地球是围绕太阳转的都不知道，因为这无助于他的工作。我不同意这糊涂观点。人生活在世界上，应该了解自身，了解宇宙。知识不惧多。我旁收杂学，常常起到触类旁通的效果。比如现在很多人谈到量子力学理论与佛学的关系，我没有能力去弄懂科学家都搞不清楚的事情，但是为了满足我的好奇心，我读了这方面的文章。它帮助我探索"色即是空，空即是色；色不异空，空不异色"的色空观。这有什么意义？当然有，我们常说"四大皆空"，这观念无疑是在影响着我们对生活的态度，然而我们对此的理解是正确的吗？我们会不会是在用错误的理解指导我们的生活？

一定的知识积累有助于阅读的理解。阅读中缺乏相关的知识就不会有全面的欣赏。比如读到"晴川历历汉阳树，芳草萋萋鹦鹉洲"，细心的读者会怀疑崔颢是不是在发挥诗人的想象。他站在黄鹤楼上虽然可以清楚地看到汉阳的树，可是他能够看到鹦鹉洲的草吗？读者不知道的是，黄鹤楼原来位于江边的黄鹄矶上，1955年修建长江大桥时被拆了搬迁到蛇山顶上重建。而在崔颢题壁时，鹦鹉洲是在靠武昌的江边，所以他真的能够看到洲上的芳草萋萋，完全是写的眼前之景。

知道黄鹤楼以前在江边，我读李白那首《黄鹤楼送别》的诗就能够还原一个故事。李白，或者还有几个朋友，在黄鹤楼饯别孟浩然。他，或他们，送孟浩然登舟以后回到楼上接着饮酒，目送"孤帆远影碧空尽"。如果是在现在的蛇山顶上的黄鹤楼饯别，他送孟浩然登舟后就不会返回黄鹤楼。而从黄鹄矶到下游天际还很远，舟行下水也得半个时辰，他不会傻傻地站在江边瞭望。没有这样的知识读李白这诗也能够感觉到美，而有这样的知识对这首诗的理解就更全面。

可能很多人没有注意到，学习对人的品格的形成有潜移默化的作用。比如我说了，还珠楼主的作品是我在成长期中阅读的，对我的人格的形成就有很大的影响。作者的气质在写作中会不自觉地呈现出来。比如，我听了电视剧《水浒传》主题歌里的"该出手时就出手"一句就很为震撼，这样豪爽的话我说不出来，我从潜意识里也产生不了，打骨子里也说不出这样的话。我一辈子谨小慎微，该出手的场合我可能会先考虑出手的后果。所以说，一个人的气质很重要。孟夫子说，"我善养吾浩然之气。"要想创作出优秀的作品先要养气，使自己成为优秀的人。

文学创作本身是艰苦的劳动。它必须有从长时期大量艰苦的学习中获得的积累作基础。创作的过程旷日持久，心浮气躁，不甘寂寞的人难以有成就。现在人讲修身养性，写作就是我修身养性的方式，我把写作比作"叩长头"，以身丈量去灵山的路。

文学创作有甘苦。甘是有神来之笔的自我欣赏，有出成果的成就感。苦是才思枯竭，绞尽脑汁写不出。我的写作不是追求名利，是出于自幼培养的爱好，就如给朋友讲个好故事，同朋友结伴游山玩水。我的写作随兴所至，不计付出，不计回报，因此不用刻意迎合读者，追赶潮流，适应社会。写作本身应该是愉快的，即使是写悲剧，写人生的痛苦，社会的污浊，也应该心态放松，超然物外。

我的写作是认真的，是对真善美的追求。20世纪40年代，由侯湘谱曲，李隽青作词，周璇唱的歌《真善美》最全面地反映出有此追求的人的心境。只有摔过跟头的人才能有如此痛切的体会。我常常吟唱此歌，咀嚼其中酸辛味，知道我有知音在前，得到莫大安慰。请听这歌：

真善美，真善美，它们的代价是脑髓，是心血，是眼泪，哪件不带酸辛味？

真善美，真善美，它们的代价是疯狂，是沉醉，是憔悴，哪件不带酸辛味？

多少因循，多少苦闷，多少徘徊，换几个真善美。

多少牺牲，多少埋没，多少残毁，剩几个真善美。

真善美，真善美，我们的欣赏究有谁？爱好的有谁？需要的又有谁？

几个人知这酸辛味？

日暮乡关何处是

我登上黄鹤楼,放眼天地,背诵李白的诗句:"登高壮观天地间,大江茫茫去不还。"崔颢的名诗也涌上心头:"昔人已乘黄鹤去,此地空余黄鹤楼。黄鹤一去不复返,白云千载空悠悠。晴川历历汉阳树,芳草萋萋鹦鹉洲。日暮乡关何处是,烟波江上使人愁。"千古登临,欣赏美景,感叹人生。我无李白、崔颢的诗才、诗情,写不出诗,只能默念他们的诗,而发思古之幽情。我逐句吟咏,细细咀嚼,与古人情感交流。于是我问崔颢,您为什么说"日暮乡关何处是"?难道您不知道您老家的东南西北吗?他将须笑曰:"否。乡关是故乡,此时我在抒发乡愁。乡关是人生的归宿,我仍然感觉迷茫,不知道何处是我心灵的归宿。"

人的乡愁是想念家乡而回不去的愁苦。人一生潮起潮落,年轻时满怀憧憬,豪情万丈,离乡背井,出外闯荡。到老来厌倦了流浪奔波,厌倦了尘世里的拼搏,伤痕累累,身心疲惫,只想回到阔别多年的家乡,过熟悉的宁静的生活。松风吹解带,山月照弹琴。实际上归乡就是回归一种生活方式,自己习惯的生活方式。一个人找到了适合自己的生活方式就是有了归宿,回归到了乡关。现在的人要想都能回到出生地是不可能的,只要有了适合自己的生活方式,有了归宿,安心了,就是回到了乡关。也就是苏轼说的,"此心安处是吾乡"。

语言发展滞后于现实。"乡"的原意是乡村,"家乡"就是老家所在的地方。农村出来的人说他的老家是家乡,后来在城市出生,城市长大的人也说他的老家是家乡。这是语言的发展，给旧词语赋予新概念。思念故土的感情叫"乡愁"，不管那故土是在农村或城镇。长久地离开老家叫"背井离乡"，不管那老家是在农村或城镇，不管有没有井。我们怀念从小生长的地方，尽管是在城市，我们也说怀念故乡，没有说怀念故城的。以前有用词语"故土""故国"的，应该是更符合实际。故土在英语中是 hometown，说明英国人较早实现城镇化。可是作为几千年的以农业为主的国家，盘踞在我们语言中的还是"故乡"。

我有我的乡愁。我在武汉土生土长，度过了前半生，出于无奈而远走他乡。在深圳多年了，生活也差强人意，而静夜独处，常常怀念武汉，怀念武汉的生活。我想到的不是武汉的美景美食，而是我住过的地方，熟悉的街道。我脑海中常常呈现的画面是一个雨夹雪的傍晚，城市静悄悄，街道两旁的房屋的窗户透出柔和的灯光。一个瘦弱的中学生独自打着伞沿着胜利街走向一元路。我要是能够再这么走一走就是幸福的体验。这就是我的乡愁。

乡愁如疾病缠身。退休后我自由了，经常回武汉走亲访友。我租房住下，一住经月。我四处游荡，去我以前住过的地方，走过的地方，寻找往日的回忆。这首诗最能反映我的心情：

探武汉长江一桥

1997 年 4 月

君载千钧我载愁，

风风雨雨四十秋。

白发归来身是客，

忍见大江昼夜流。

伫立江岸，我想到苏东坡高唱："大江东去，浪淘尽，千古风流人物。"杨慎感叹："滚滚长江东逝水，浪花淘尽英雄。"他们没有看到浪花不仅淘尽了风流人物和英雄，也淘去了我的亲人们，普普通通的凡人。我看到水面上浮现着他们的身影，可是他们都先后被江水卷走了。我的祖父因为我讲解得出《聊斋志异》里的文字而露出笑容。我希望他还能带我去民众乐园游玩，去美成剧院听汉戏。我多么希望我的母亲还能带我到茂记买皮鞋。那年我10岁，头一次穿皮鞋。看着那锃亮的皮鞋我就喜欢，试穿时已经觉得有点顶脚我也舍不得脱下，连声说可以，蛮好，生怕皮鞋跑掉了。我的脚长得快，没有过多久那双皮鞋就实在是穿不得了，好可惜的。长江啊，长江，你流淌的是我的乡愁，我的乡愁里总有一丝难以排解的哀愁。崔颢早就叫我不要来看长江，看着滚滚江水带走万物，不免"烟波江上使人愁"。

那几年每次来武汉都是租房住。租的房条件当然差一些，不如意的地方又不能动结构改装修，添置东西又要考虑搬家带不走。诸多的不方便让我到2004年就下决心买一套房，可以固定住下来。后来我知道很多从武汉出去的人，退休后都回武汉买了房，有的是常住，有的是偶尔来住。这些人中有的是土生土长的武汉人，去了外地工作后来又回来的。有的是外地人，在武汉上大学，或是在武汉工作过而对武汉有感情的人。

买房也是有运气在其中的。开始时中介带我看了一处房，每平方要3千元我嫌贵。转了一圈，看了几处，还是觉得先看的房好，我回来找中介要那套房。隔了这么长时间那房还在。中介打电话叫来房东。我对房东说，这房我肯定要，但是请你不要一口价，多少让一点，使我感觉好些。于是房东夫妇讨论了一会儿，经中介撮合，让了2千元，总价21万买下。及至我住进去后，还又有人来看房。有对夫妇说，他们说好后悔，当初因为2千元与房东争执不下，倒被我买下了。我想得直好笑，21万都肯出，还争2千元。是不是因小失大呢？

那套房在一个住宅小区中间，是个闹中取静的地方。而且是在一楼，带有一个40平方的小院子，现在城里带院子的房很稀罕。我以李白诗句"举杯邀明月，对影成三人"给院子取名"邀月院"，赠自己号"影三"。那几年我在院子里安安静静地生活。写作之余在院子里种葡萄，侍弄花草。闲暇时在院子里透口气，看春花秋月，赏夏夜绿荫满地，冬日白雪皑皑，怡然自得。我买下房有了自己的窝，过上惬意的生活。

我常住武汉，每年到冬季回深圳，春暖花开回武汉，人称我这样的人为候鸟。人们奇怪深圳那么好的地方，我为什么要到武汉来歪倒。是啊，在我写这回忆录的十年前，武汉与深圳没得比。我说，将一个人眼睛蒙住，丢到武汉的任何一个地方，他一睁开眼，不管向哪里看都是脏乱差。将一个人眼睛蒙住，丢到深圳的任何一个地方，他一睁开眼，不管向哪里看都是整洁美丽。深圳在1992年获得国家卫生城市称号，2000年被评上国际花园城市，2001年获得中国人居环境奖，不由得我不爱。

我当然爱深圳。在我走投无路的情况下，深圳的招聘组把我接来，给我安排好的生活和工作。深圳给了我广阔的发展空间。我喜爱写作，只有在深圳我的写作才能出成果。我的影视小品获奖是深圳电视台的台长祝希娟带队去天津领奖。深圳电视台拍摄电视剧《法人代表》，副导演是武汉人，我们在深圳认识，她推荐我出演一个处长。我在深圳朋友支持下组织了全国第一个环境保护组织，并且担任会长。在武汉我不可能有这些活动。那是去深圳头几年的事情，一直到现在我还是认为在武汉办不成的事，在深圳可以办成。我拿着我的电影剧本想拍摄电影，在武汉折腾两年，贴时间，贴钱毫无办法，一回到深圳，通过朋友立即联系成功了。做事业还是深圳提供的机会多。

我一到深圳就爱上南国的旖旎风光，总是春光明媚，阳光灿烂。我很快就适应了南方气候。尽管一年大部分时间炎热潮湿，有现代的电器设备调节，也不是很难受。而冬季暖和非常舒适。我喜欢南方的生活。人们说食在广东，一点不假。粤菜口味淡，喜欢吃原汁原味。我爱粤式早茶。一家人或是几个朋友相聚，到酒楼或茶餐厅点一壶铁观音，品尝花样繁多的早点，谈谈说说，比正规的宴席显得轻松而花钱不多。我喜欢这里四季不断的南方水果，尤其喜欢七月的荔枝，八月的龙眼。荔枝被杨贵妃和苏东坡追捧是有道理的。其他如香蕉、菠萝、杨桃、潮州柑、番石榴都很诱人。在当地吃到新鲜的成熟的水果比吃那些运往内地的，过了期失去了色香味的，或者是只有八分熟就采摘的水果当然不一样。

我在深圳三十余年，一直住在荔枝公园附近。坐落在深圳市中心的荔枝公园，是座典型的南方园林。四季常青像一顶顶帐篷一样的荔枝树在绿草茵茵的园中铺开来，四周配有高高的大王椰子树，婆娑的相思树，和青青的竹林，使公园成了绿色的海洋，有五彩缤纷的深圳市市花杜鹃，繁花似锦的紫荆树点缀其间。公园的湖面上，有游人荡舟。湖水中有蓝天白云和周边高楼大厦的倒影。这里是天上人间，是深圳人的乐园。我们深圳环境保护促进会在荔枝公园的一个院子里有间办公室。我在这里写作我的《射日奔月》。公园美景滋润了我的笔墨。

我比较喜欢深圳人。深圳是移民城市，居民来自五湖四海，带来各省人的特点。随着特区的发展，深圳人成为整体，也形成了明显的个性。总体来说是朝气蓬勃，敢于创新，也脚踏实地。我想说的是我在深圳接触到的广东人。

广东人保留中国传统文化比较多。他们很少说粗话。"有没有搞错"就是比较重的语言了。他们对人有礼貌，会主动让道说："你行先"。他们对人比较热情，我问路时他们会走出门来与你指点清楚。他们衣着讲规矩，不马虎。有一次我到公园晨练，与人讲话耽误时间，接教师上班的校车快要到了，我来不及上楼换衣服，就穿着圆领衫到了学校。坐在会议室开会的一上午，看着衣冠楚楚的同事们，我感觉极不自在，也不知道原因。后来一位广东籍的同事告诉我，广东人出门，尤其是到正规场合，一定要穿有衣领的衣衫。怪不得那天我感觉像是光着脊梁坐在那里开会。

有一次我送东西给楼下一家邻居。敲门后等了一会女主人来开门延请我进屋坐。过了好一会，男主人才从里屋出来，穿着整齐，还结了领带。这是待客之道，尊重客人的表现。我看到现在内地的人穿着睡衣睡袍满街跑，心想这些人不怕人笑话吗。

他们不为一点小事吵闹，比较有器量。有一次我装修，工人敲下的碎渣掉在楼下。我准备去道歉打扫，而楼下的住户已经扫了，我只是道谢。相比之下，我想到武汉人遇到这情况可能会发牢骚，甚至骂人。武汉人喜欢说："你敬我一尺，我敬你一丈。"这还是在争高低，为什么自己不能先谦让。这就是湖北人与广东人的不同之处。

各个地方的人有各个地方的特点，这个省的人不同于另一个省的人。但是要说清楚某个地方的人的性格具有什么样的特点很困难。某一个地方还可以分区域。就武汉来说，汉口，武昌，汉阳三镇的人不一样，连口音都有细微的差别。就汉口来说，以前还分铁路里的人与铁路外的人。另外，就一个地方的人来说，人性又不同，几百万人中鱼龙混杂，有好人有坏人，有素质高低不同的人。任何一个地域的人还按年龄分为保守传统的老年人与忽视传统的年轻人。

不可否认，地域是人文的重要因素，对人的影响大。以"九头鸟"概括武汉人特点是否冤枉不说，起码说明一个地域的人有一个地域的特点，这就是所谓的"码头文化"。武汉人的特点是什么呢？太史公两千年前的话就把武汉人说死了，"楚越之地，地广人稀，饭稻羹鱼，或火耕而水耨，果隋蠃蛤，不待贾而足，地势饶食，无饥馑之患，以故呰窳偷生，无积聚而多贫，是故江淮以南，无冻饿之人，亦无千金之家。"至今武汉人走南闯北，在外少大富大贵之人。深圳建特区时，第一高楼是湖北省投资建的湖北宾馆，有9层，很快就被超过了。后来又建了湖北宝丰大厦，气势不如别省人的建筑。湖北人餐饮业还做不过四川人和湖南人。另一方面，武汉人在外亦少犯罪之人。我十分注意媒体报道的罪犯籍贯，很欣慰地发现其中武汉人不算多。武汉人的收入在全国相比不高，物价也不高，生活可以"呰窳偷生"，也就是低水平地混日子，过得快活。我最近在全国跑了几个地方，比较起来，武汉"过早"费用最低。一个北方来武汉开出租车的司机告诉我，在武汉几块钱可以吃饱，他很满意。

说句话先请武汉人不要生气，我在火车上与南来北往的人闲聊，不敢承认我是武汉人。一句"天上九头鸟，地上湖北佬"就足以让我无地自容。人们说，武汉人凶，爱吵架，骂人。每逢此时，我总是尽可能帮武汉人说几句话。我说武汉人只吵架，真正出手的很少。不会一言不合，抄起砖头就拍。我听一个老武汉与我分析说，武汉人其实是虚架子，吵了半天，袖子都卷起来了，眼看就要动手却说："你跟老子等到，老子回去扒口饭来。有本事的不要走。"

　　华人移民到美国被称为"美籍华人"。按此道理武汉人移民到深圳就可以被称为"深圳籍武汉人"。当然没有这名称，不过在初期乃至现阶段，深圳的人初接触时还是会问："你是哪里来的？"说深圳在人们眼里是座移民城市，大家想到的是 20 世纪 80 年代开始的移民，而不知道更为久远的移民。放在大环境中看，中国的历史就是北方人不断南迁的历史。周以前岭南居住的是百越，属于 Negroid 人种。秦始皇扫平中原以后派兵征服岭南，设置了番禺，桂林，象三郡，从中原迁徙 50 万人开拓疆域，形成第一次移民。当地土著不断反抗，岭南的完全平定是汉武帝的政绩。这就形成了第二次大规模移民。百越人逃去了东南亚，留下的在"合辑汉越"政策的有效实施中与汉人融合。以后西晋的"八王之乱"和东晋以后的"五胡乱华"时期中原士族大量南迁算第三次移民潮，宋末时期有了第四次移民潮，满清入关又将大量中原人赶向南方，是第五次移民潮。而最大规模的移民潮见于 20 世纪 80 年代以后，深圳建立了经济特区，吸引了大量的人才"孔雀东南飞"。我就是这时候来到深圳。作为建深圳特区基地的老宝安县只有 2 万多人。起初政府的远景规划中的人口规模是 80 万人，仅仅 30 年的时间里人口膨胀就超过了千万。我们这些人自嘲说，我们是新客家人。

　　我的身份证是 440 开头，是深圳户籍，我入广已经 30 余年，落地生根成了深圳人，但是从潜意识里我没有把自己看作是老广。也许这种籍贯认可的转变将由我的下辈完成。他们在深圳成长，有了自己的社交圈，一切方面都表现的像南方人。

我在深圳开始建市不久就来了，属于较早的拓荒者，为其建设作了贡献。我目睹了它著名的"深圳速度"。看到一幢幢高楼大厦拔地而起，一条条道路向外延伸。随着它的发展，我的生活变好了，我的下辈人也在此安居乐业。我热爱深圳。

我热爱深圳，但是我更爱武汉。我知道武汉经济发展方面比不上深圳，但是深圳是个新兴城市，不如武汉有历史和文化的积淀。看到一个地方的人文遗迹，想到有关当地的传说，你会想到你与古人生活在不同时间的同一空间，感到自己生活在不停息的生活长流中，而不只是眼前的一瞬，可以使你心灵升华，超然物外。比如都是游山玩水，登上黄鹤楼，如果知道它的历史典故就比仅仅是看风景有更深的感受。背诵崔颢李白的诗句可以发思古之幽情。请读清代沈复写的《浮生六记》中的一段游记：

武昌黄鹤楼在黄鹄矶上，后拖黄鹄山，俗呼为蛇山。楼有三层，画栋飞檐，倚城屹峙，面临汉江，与汉阳晴川阁相对。余与琢堂冒雪登焉。仰视长空，琼花飞舞，遥指银山玉树，恍如身在瑶台。江中往来小艇，纵横掀播，如浪卷残叶。名利之心，至此一冷。壁间题咏甚多，不能记忆，但记楹对有云：

何时黄鹤重来，且共倒金樽，浇洲渚千年芳草。
但见白云飞去，更谁吹玉笛，落江城五月梅花。

读着这段文字，我恍然觉得我在与他同游，他正在与我指点江山。

武汉是我祖辈居住、我自己也生活了半辈子的地方。说我喜爱武汉还不准确，我喜爱的是汉口。我从 6 岁到 18 岁生活在汉口，18 岁到 44 岁生活在武昌，在大学读书和工作期间经常回汉口我母亲的家。我在武昌的住房换了几处，一直是宿舍似的，使得我没有定居的归属感。我心中认的是汉口，这一点我不知道，直到前年有一次我乘的士从武昌来汉口。的士穿过长江隧道，从大智路出口一钻出来，见到天日，我感觉浑身突然放松，好像回到了家。那一刻我明白了，我的归宿是汉口。不仅是我个人有这样的感觉，张国修也是这样对我说的。他与我有着几乎同样的经历，出生在外地，抗日战争胜利后回到汉口，在汉口上小学和中学，读大学时才去了武昌，以后一直工作在武昌，住在武昌，可是他只对汉口有感情。这就是感情，人的情感不是源于理性的认知。

我在武汉感觉自在，打算在此常住。2016年，我将住房换到了胜利街。这里离我儿时居住的地方仅一步之遥。老话说，叶落归根，我这片树叶算是飘落到了离它的根最近的地方。人们想要叶落归根，是想回归往昔，但是我却发现往昔是回不去了。儿时见到的行道树悬铃木很是秀美，而今已是一人难以合抱，老态龙钟。我想起桓温的名句，"树犹如此，人何以堪"，据此写了一首七绝：

壮岁离乡投老归，欲寻旧梦百事非。树犹如此臃肿状，人何以堪清泪垂。

正如古希腊的哲学家赫拉克利特所说，"人不可两次踏入同一条河流"，我发现从我离开到我归来的数十年间武汉发生了很大的变化。汉口老街道大的格局没有变，但是耸立起了很多高楼大厦，城市面貌焕然一新。而更大的变化是城市的居民变了。以前熟悉的老面孔不见了，街上迎面而来的是陌生的面孔，具有不同的神情，不同的气质。当然，这些与我无关，我只与我的亲朋好友，老同学来往，并不想融入这个社会。回到家乡，我只是寄居在这里的客人。

我现在的住房是在高层，悬浮在半空，还算安静。一下楼就是闹市，生活很方便。我买菜去天声街菜场，有时候不买菜也去溜达，那里浓郁的生活气息可以淹没你。看货物，那里五味杂陈，还五色杂陈，而且是五音杂陈。看那些熙熙攘攘的人，都是生机勃勃。只要你懂得看，菜场的店主贩子顾客都是有故事的。你可以看出电视剧来，那里面的演员的表演毫不做作。只要你浸润其中，你可以读出诗歌。"唉唉，平凡至极的事物的玄妙的诗味呵！"

这就是生生不息，绵延数千年的市井生活。你把眼睛闭上再睁开，见的人物穿的是唐朝人穿的服装。你把眼睛闭上再睁开，见的人物穿的是宋朝人穿的服装。而街道两旁店铺卖的生熟肉食，山珍海味，蔬菜瓜果，日用百货是没有太大变化的。你买个炊饼尝尝，可能发觉与武大郎做的味道一样。你屈指一算，仅仅过去了八百年，时间不算太长，人们还是固守着基本的生活方式。你读一读《东京梦华录》，对照一想，会觉得我们平凡的生活也是充满情趣的。

我的同学余苹小时候生活在这里。她说她的母亲就说过，天声街是个活人活马的地方，住在这附近，死也不要离开。我有时要安静，要独处，有时要热闹，这正是适合我的地方。

现在我一年有大部分时间在汉口生活，冬天才回深圳过年。所以我有两个家，一个在深圳，一个在武汉。从武汉去深圳，我说回深圳，从深圳去武汉，我说回武汉。目前说来这样的安排很好，但是我还是有忧虑。我想终老武汉，但是生了重病怎么办？生活不能自理时又怎么办？我是否要回深圳去依靠孩子。我不知道将来怎么安排。有这样苦恼的人还不止是我一个。很多老人的子女在外地，甚至是异国他乡工作生活，把他们接了去，他们生活不习惯，又没有人来往，很寂寞。想要回去家乡，又没有子女依靠，很是孤独。他们去和子女住一阵，回家乡住一阵，两地来来回回，不知道怎么办。真是觉得不容易有妥善的安排。由此我常常想起李后主的词句"人间没个安排处"，反复咀嚼，想到词人千年前的一个简单的句子就说中了我和很多人的心情，真是了不起。

不知老之将至

"君不见高堂明镜悲白发，朝如青丝暮成雪。"人生过程真的是如此之快吗？是的，当时忙忙碌碌不觉得，蓦然回首就发觉人已经老了！以前是为生活驱使，不得不"以心为形役"，还没有着手进行实现理想的工作，还在期待生活中应该属于自己的东西的到来，忽然发觉一切都无可挽回地过去了。我们在一条单向的长廊前行，只能向前不能退后，走过去，一扇扇门在身后关闭。剩下的只有岁月蹉跎，壮志消磨的哀叹。到后来连哀叹也发不出了。

我老了的事实不是我自己首先发觉的，而是周围的变化提醒我注意到的。我还在蹦蹦跳跳，往前行，不经意间看到有的人倒下了，有的人停下了。于是反观自身，不觉心惊。经常可以见面的人发生的变化还不太惹人注意，而多年不见之人，少年离别，老年会面，互相一看都是惨不忍睹，触目惊心。我写的纪念大学同学毕业 50 周年聚会的词中有一句即是写实，"花褪春红莺声老。玉树倾侚，觳面迎君笑。莫道互瞧人吓倒，吾亦深惧菱花照"。人老之倏忽真如李白所说只在朝暮之间。

人老老的是什么？老的是容颜，是精力，是心态，是智力。

人老首先表现是容颜老。衰老是明摆着的直观的事实，想视而不见都不可能。人们开始以长辈称呼我。广东人见面称我为"阿伯""阿叔"，我心里还觉得过得去。北方人称我为"老爷子"，我的理解是他们已经把我束之高阁了。尤其令人难受的是武汉人唤我为"爹爹"。我问为什么这么称呼我，他们指着身旁的孩子说，他们是跟孩子叫的。人们对我变得尊敬。不仅表现为让座，让路，连同我谈话的语气也柔和了。轻言细语，语速放缓，吐词清晰，一句话要重复几遍。简单的家长里短的话可以屈尊与你说一说，较为复杂的事情就让你不管不问。人们对我关怀备至，特别嘱咐走路小心别摔跤。我不愿意受如此优待，这都是白发出卖了自己。

人老是精力衰退了。不愿意承认老只不过是欺骗自己。由盛到衰是渐渐退缩的过程。年轻时我可以与班上最强壮的同学掰手腕，到现在一瓶纯净水的盖子都拧不开，要请人帮助就是公开宣布认输服老了。60多岁时我背了孙女走过几条街直接上7楼，到家连气也不喘，没有感觉到与年轻时有什么不同。现在走平路还可以，上楼就不行了，上4楼还得半道歇口气。好汉不提当年勇，不能想当初。一切在不知不觉中变了。连百万军中取敌首级如探囊取物的将军到老来也说："不知筋力衰多少，但觉新来懒上楼。"近年来容易感到疲劳，做事不能持久。虽然不是"废书为惜眼"，拿起书看几页就看不进去，脑筋木了。年轻时不怎么生病，生个病也扛得住。现在容易得病，生病不容易好，病后不易恢复。一场秋雨一场寒，一场疾病一场衰。

人老表现在心态上。心态不是客观事实，是各人的主观意识。有的人年轻轻的就自认老了，唯一关心的是养生。有的人年事已高却"老骥伏枥，志在千里"，不愿意服老，这类人心态年轻。我还在继续做年轻时做的事情，以读书写作支配时间，日子过得逍遥自在。可以说我的心态还不老。

人老是智力衰退。人老了记忆力差，学习能力差。年轻时学个什么学得快，记得牢。老了就不行了，现在学东西听不懂，记不住，不会应用。对新事物不自觉地抗拒，脑筋好像是已经装满，再也装不进去新东西。有的老人拿着智能手机，只会打电话。能收发短信息就会受到赞叹。会上微信就算是很潮的老人。有的老人一件事说几遍都不能领会，他是听到了而没有在意识中留下痕迹。比如一个老同学去欧洲旅游，我说你去了如果要与家里人联系，酒店都有wifi，可以视频聊天。并且告诉他用法，他好像懂了，后来又问电话怎么打漫游。我说你的手机要上国际漫游才能打，收费很高的。不是告诉你用视频聊天吗？这种情况我自己好像不严重。当然，我只是比较强一点，也强不了很多。有时候手机和电脑的使用出了毛病，我还是得问年轻人。他们讲给我听，我当时懂，会用，回头就忘记了。我不得不让他们把程序写下来。

智力衰退的另外一个原因是社会发展太快，我们跟不上。新鲜事物层出不穷，一些连儿童都会的事情我不懂，不会甚至没有听说过。去年在超市收银台排队付款，我前面的一对年轻夫妇对他们女儿说，他们没有带钱，让她拿压岁钱付款。小女孩不愿意，说你们可以用微信支付。我听了大吃一惊，小姑娘当作平常事说的我却闻所未闻。现在手机可以办很多的事情，方便极了，可惜我们只能叹气遥望。我们被抛在互联网时代后面，越来越落伍。可怕的是我们并不想急起直追，这就表示我们确实是老了。

但是我并不悲伤。总的来说，我有的方面老了，有的方面不老。容颜老，体力衰是无可奈何的事情。但是我的心态不老。我步履稳健，不显出老态龙钟。我同样排队等候，不要求社会特别照顾。在公交车上我谢拒让座，有时还给孕妇或残疾人让座。我的智力没有随年龄增长而衰退，相反地，我认为我的智力更强了。我还有长远的写作计划，这是强智力劳动。由于我有学习积累，生活积累，心智成熟，我的创作水平比起年轻时不仅不差，还有提高。我发觉我在写作中还是具备年轻人一样的创新能力。

体力与脑力，身体与心智衰退的不一致在托马斯·哈代的这句诗里得到表现：But time shakes this fragile frame at eve, With throbbings of noontide.（我这衰弱苍老的躯体内，却是盛年的心在颤悸。）这句诗的意思是人老心不老，与"老骥伏枥，志在千里"大致相同。

如何安排好晚年生活是老年人共同的考虑。上亿的老年人的生活不可能有一个同样的模式，依据经济条件，健康状况，生活习惯，兴趣爱好做出安排，适合个人的生活方式就是最好的。只是不要感到时间沉重，日子不好打发。以我自己而言，我看了很多如何安度晚年的说法，最后我信奉孔夫子说的"发愤忘食，乐以忘忧，不知老之将至"。我喜欢这心态。这句话出自《论语》,《论语》是经典，我把这句话奉为指导我晚年生活的经典。

"发愤"，我理解为虽然年纪大了也要做有益的正事，不可以饱食终日，无所事事。年轻时做的工作可以继续做，个人的爱好兴趣可以进一步追求，甚至可以开发培养新的兴趣，如写字绘画，弹琴唱歌。做事应该持之以恒。德国大诗人歌德（1749—1832）从1774年25岁时开始写《浮士德》直到1831年82岁时才完成，也就是说他逝世前一年还在工作。

老年人可以适当做点身体状况允许的工作，这样会有益健康。有的人用"老当益壮"鼓励自己，我认为这话说得过分，是诗人的夸张。老年人不可能越来越强壮。身体不可能比年轻时强壮。也不应该比年轻时更有雄心壮志。老年人不要整天"高堂明镜悲白发"，只想着如何延年益寿。有适当的工作还是可以做，家务事也可以做。不过到这年岁，不要把弦绷得很紧，日子要悠着过。我现在主要的工作是写作，只是慢悠悠地做。我年轻时可以伏案到凌晨，现在晚饭后就不写作了，让眼睛休息。不想用脑过度，引起晚上失眠。

我合理安排工作与休息。每天早餐后打扫整理房间，然后写作。到11点开始做饭吃午餐。做事时我没有让脑筋休息。一个人的脑筋是不会陷于一片空白状态的，它总在活动，有时候浮想联翩的是胡思乱想，我把它纳入有序的思维。我思考构思，想到什么，记在脑中，坐下时再写。这样我做杂务并不耽误工作，而是脑力的调节。

"忘食"，不是说不吃饭或不把吃饭当回事，而是说不要过分操心吃饭的事情，不要花太多时间于一日三餐。吃饭是大事，不能马虎，要能够供给营养，维持身体健康。食要安全健康愉快。我以素食为主，偏于清淡。炒菜少油少盐少佐料，还尽量少火。不用油炸，以免弄得满厨房油烟。偶尔想吃油炸食品可以去外面买。现在社会服务行业发达，使得人们生活很方便，不必要每件事都自己包揽。每天吃多少做多少，不剩饭剩菜。我不用冰箱与微波炉。

"乐以忘忧"，这话使我知道圣人也似我有忧。人吃五谷杂粮，哪有不生病的。人世浮沉，有喜就有忧。圣人高明之处在于能够乐以忘忧。我忘忧的方法是告诉自己两句话:"比上不足,比下有余""天下事没有十全十美的,好事不能让你占尽。"

我善于自得其乐。我起初在汉口买的住房带有40平方的院子,虽然管理不善,显得杂乱无章,也给我无穷乐趣。它使我知道不仅春天美丽,一年四季都美丽。不仅花美丽,嫩叶比花更鲜艳。春天看花草蓬勃,冬天看黄叶斑驳,都呈现诗意。伫立小院,细细观赏,我有不少感悟。我感慨生物都积极向上,追求自身完美。它们按照与人类相似的美感发展,因为人也是生物,千百万年来按共同的美的要求发展。

能于无景处赏景则无处不景。一轮满月富丽;一弯新月淡雅。"接天莲叶无穷碧",是蓬勃;"留得残荷听雨声",是苍凉。朝阳夕阳各有美。名山大川美;巷陌市廛也自美。奇石美,石痴们一掷千金以求。我欣赏的石头只是顽石。一块是在美国沙漠停车路旁时捡到,一块是在地中海沙滩拾得,一块得自鄱阳湖畔的沙滩,一块得自古隆中山脚。这些石头现在弃之道旁也是无人正眼瞧的,我却时时把玩。我现在手中摩挲的石头是块和田玉,成色不怎么样却是带皮的仔料,活动手指筋骨之余还可以欣赏自然之美。我没有足够的财力去追求奇石就玩破石头,同样能得到满足。

我喜欢手机随手拍,发现其中有喜欢的照片,触发了诗兴,就配一首诗词。比如前不久在江滩看到一株柳树,气势巍峨,是我见到最高大的。我就拍摄了。这里以前是滨江公园,我儿时常来游玩的地方,自然有感触。照片中刚好拍进一个男童,跳跳蹦蹦,高兴玩耍。我不知道他到老年时是否也会来探望这株柳树,就仿李清照的《如梦令》写了首词:

问我巍巍杨柳,可识当年旧友。虽一别经年,休看鹤发皮皱,知否,知否,曾似此童年幼。

我把这照片放大,照相馆师傅把这首词打在照片上。我把照片装框挂在墙上，常常观赏，是自制的艺术品。

写作小诗，写作小说，使我愉悦，使我自我陶醉。我陶醉于写作过程，陶醉于成果。只要是完成了的，不管是发表了的还是没有发表的，都算是成果。"何以解忧，唯有杜康。"写作是我的杜康。

"不知老之将至"。古时候50岁到70岁年龄段称为老。孔夫子说此话时已经是63岁。按现在来说也退休几年，可以被人称为老了。为什么他还说不知道快要老了呢？也许他是周游列国，整天忙忙碌碌，忘记了自己的年龄。也许是他身体健康，没有衰老的迹象，不认为自己老了。另外我想"老"是否是"死"的隐晦语？比如鲁迅小说《祝福》里，说"祥林嫂老了"就是死了。只不知道在战国时期的口语里，"老"有没有这用法。一个人应该"不知老之将至"，不能总是想到老了，不行了，快完了。应该忘记年龄，过好每一天。

我生活自理。做家务并不是很辛苦的事情。每天早上扫地擦地板算是活动。只要有好习惯，不乱丢乱撒，房屋收拾干净可以保持很多天。一切事情，包括洗刷厕所之类的脏事也是自己动手。出门买早餐时顺便把一天的菜带回。11点开始做饭，12点吃中餐，一共耗时2小时，也是让脑休息。边做事可以边想事情，悠悠闲闲的不感觉累。

我的老师唐长荫教授居住在美国，他每次回汉，只要他能安排出时间，我总是去看望他。一次他讲，他的女婿是美国人，一个公司的老总，回到家里什么家务事都做，厕所也自己动手洗刷。我说我也是的。

我们都读过南宋诗人陆游的词《钗头凤》，知道他与唐氏的爱情悲剧。也知道他曾经从军。我们都读过他的《十一月四日风雨大作》：

> 僵卧孤村不自哀，尚思为国戍轮台。夜阑卧听风吹雨，铁马冰河入梦来。

后来我读到他的一首诗《冬日斋中即事》，大为感动。

一帚常在傍，有暇即扫地。既省课童奴，亦以平血气。

按摩与引导，虽善亦多事。不如扫地法，延年直差易。

我想这位大诗人，这位曾经过了铁马冰河生活的大丈夫，日常生活中还是自己扫地，我一个常人，为什么不能做扫地这类活？他扫地乐在其中，居然还扫出一首诗，真值得我学习。年长的人只要身体情况允许，都应该多活动，生活要自理，这有益于保持健康和良好心态。

我不十分关注养生，一切随意，不刻意而为。现在唯一的锻炼是晚餐后去江滩或附近街道行走一小时。另外就是写作休息的时候在房里打太极拳。晚上看电视的时候，有时站着活动腰身，有时坐着让全身放松，就是用意识从头到脚检查，让每一块肌肉松弛。

我 11 点洗了上床，随其自然入眠。我一辈子没有用过安眠药。其实上床不能立即入眠是很自然的。人不是机械，不像电灯有开关控制，一开就醒了，一关就睡着了。古人也失眠的，《诗经》里的第一首诗《关雎》里有一句"辗转反侧"，这是几千年前的一个青年说他想"窈窕淑女"而失眠了。再如"江枫渔火对愁眠"是人在旅途，环境改变一时不能入眠。而"自经丧乱少睡眠"是长期失眠。古人没有失眠症这个名词，所以不紧张。我不用上班，也不兴早锻炼，所以不用起早。早上睡到自然醒，醒来赖一会床。"草堂春睡足，窗外日迟迟"，大智者诸葛亮也是睡懒觉的，早上要睡到日上三竿，直似人间散仙。我如果次日上午与人有约，则需设置闹钟，不能睡过头了。

我睡眠多梦。我视梦为乐事，不因为做梦是睡眠不好而困扰。梦也是生活，是附加的生活。我很多次梦到下楼梯，三级两级跳跃，后来就漂浮了，到平地还是脚不点地，像《卧虎藏龙》中的水面飞行。我一生有两个噩梦。一个梦梦到的是中学时快期末考试了，我平时的数学作业还没有完成，怕老师批评，惶惶不安。醒来发现我这时已经是退休以后好多年了，比我当年的数学

086

老师还要老。另一个梦梦到的是我住在武汉，得调动迁居，迁往何处是好，惶惶不安。醒来发现我这时已经在深圳定居二十多年了。

我还做过一些可怕的梦。有一次梦到一条恶狗咬我的脚。我吓得大叫，叫不出声。我用脚踢狗，腿踢不出。我滚到床下，就清醒了。我没有力量站立起来，只能爬到床上，然后立即又睡着了。我知道这是梦，不是真实的，所以梦结束了就没有恐惧的感觉。我不把这叫噩梦，只有那两个梦才是噩梦。因为那些是真实的经历，梦醒了我还心有余悸，久久不能再入睡。

我现在做的梦梦到的都是日常生活，乱七八糟，毫无意义，醒来就忘记了。连梦里都没有想入非非，异想天开，这是衰老的表现，我可能再不会有什么折腾。孔子说他不复梦见周公，可能真是老了。海明威写的小说《老人与海》里的老人圣提亚哥最后还梦见狮子，说明他精神上没有被现实击倒。我有两次托梦的经历，放在此章后文再说。

我嗜好饮茶。茶具说不上精美却是有讲究的。饮绿茶用玻璃杯以观赏展开的茶叶与茶汤。饮铁观音用武英杰送给我的提梁紫砂壶冲泡，倾于手工绘制的小瓷壶饮用。坐在家中，茶壶摩挲在手里，添一份沉静。在外面行走累了，回到家中，啜饮热茶，长舒一口气，感觉是一份恬静。我喜欢将茶含于口中，不知不觉地细细咽下，似乎是在嘴里消化了一样，留得满口余香。

我衣着整洁，这是自幼养成的习惯。我们北京路小学同学 2012 年举行小学毕业 60 周年纪念活动，出席的人居然有 14 人之多。大家回忆黄金时代，每个片段的记忆弥足珍贵。薛昌年对我说："你给我留下的印象就是总是穿得整整齐齐。"一句话让我好感动。我知道，我之所以能够给他留下这磨灭不了的印象是我母亲的功劳。

这也是我祖父培养的家风。我们祖孙三代连姑母表兄妹十余人住在一起，都是衣履整齐。即使在炎热的夏天也是如此。我们在家里也是穿着衣服，扣子还要扣好。我们穿鞋子鞋后帮是要提上的，不许踩平。凡有穿得不规矩，听得上人只轻轻一句"像个什么样子"，就自觉改正了。热得难耐时，祖父只说"心静自然凉"。这句话颇有哲学含义。

家风体现在形成习惯的细枝末节。我在某个社区看到一位长者，花白的头发梳得一丝不乱，可以猜想到是他几十年不变的发型。清瘦的脸上的眼镜是细边的。衣衫里衬着背心。老式的皮鞋里露着短袜。一看就知道是大家庭出身的人。在周围餐馆排出的油烟，汽车排出的尾气的一片污浊中，在蓬头垢面的人，穿着睡衣上街的人，打赤膊的男人的包围中，见到这样虽然落魄清贫，还是不损形象的人，我油然起敬。我想，他并不以为他是在坚守，他只是出于习惯，自幼形成的习惯。

我见到街上打赤膊的人，见到有汗衫不好好地穿着，却卷起露出啤酒肚子甚至露出乳头的人就厌恶。孔子说，"劳勿袒"，就是在劳作时热了也不要敞开衣襟。过了几千年，某些国人还是不受教导。国民政府开展过新生活运动，人民政府开展过爱国卫生运动，对某些人都作用甚微。要到哪个世纪全民才能爱卫生，讲仪表，自己尊重自己，成为受人尊敬的人？

文明就是节制。文明的图腾是大写的"不"字。"不随地吐痰""不随地大小便""不随地乱扔垃圾""不闯红灯""不大声喧哗""不插队""不打架骂人"等等。文明与道德联袂而行。讲文明的人有道德。

文明习惯的形成有一个修养的过程。有了文明习惯就叫作有修养。我上中学时在上学路上有时候掏5分钱买点带壳花生，装在衣服口袋里，边走边吃，花生壳随手扔在地上。现在肯定不会这样。现在武汉人上公交车排队，不是争前恐后。有的人等车时抽烟，上车前把烟灭掉。在车上主动给有需要的人让座。从这些细枝末节看出武汉人有进步。我听到武汉人常说某个人做了不妥当的行为是"没有学会"，这武汉人特有的幽默体现了宽容与期待。

有修养自然优雅。听了笑话，蠢丫头可以张开大嘴，哈哈笑得前仰后合，声震屋瓦，而有教养的小姐却笑不露齿。那年我们去看望梅姑妈，她是自幼在我们家长大，由我祖父培养成人的。她讲给我们听，她当小孩的时候，有一次哈哈大笑，被祖父听到。祖父说："痴马常啸，痴女常笑。"她说祖父这轻轻的一句话让她以后一生中再也没有大声笑过。那一段儿童时的训斥留下的印象到她90岁时仍记忆犹新。我感叹以前的儿童真是听话，而现在的孩子一管教就产生逆反心理。

社会是变了。哪些方面是进步了？哪些方面是背离了优良的传统？一些方面是走的弯路，以后是会回到正道，还是一直往前不回头？这不是我们脱离时代的老朽能够判断的。只有让时间说话。

我希望成为有修养的人，又不要过分有修养。我不能做到"吾日三省吾身"，那样太累。我不追求成为修养太高、十分优雅的人。高度文明使人拘谨，无所适从，而难于取悦。我希望成为随和、随意、随缘、随遇而安的人。

"恐鹈鴂之先鸣兮，使夫百草为之不芳。"人生如草芥，摇落只是迟早。我的愿望是能够把心里已经有的几个创作计划完成，然后早一天，迟一天老去都无所谓。我已经活到古稀之年，比起很多人我是幸运的。我们大学同学毕业时40余人，已经走了10余人。其中使我最难受的是吴祖明。他与我同窗兼兄弟，言谈无隔阂。我了解他的一生像我自己一样清楚。他由阴阳二气的偶然聚合而孕育，生长于一户殷实人家，却因家道中落而辍学踏入社会，在中南行政区的某机关当通讯员。后来组织关怀，送他上工农速成中学学习。以后就被保送到大学学英语，与我同学，毕业后当了中学教师。

说来奇怪，他与我的友谊有着久远渊源。他与我上的是同一所小学，比我高几届。他上的工农速成中学后来改为四十中，刚好我高中上了这所学校。我们说起来有共同的老师。后来我们是大学同学。两个人在小学中学大学都是同学还不多见，真是有缘。他经常来我家，我母亲喜欢他，认他做了干儿子。我去深圳后，母亲留在武汉，他经常去看望，减轻我母亲思念我的痛苦。我母亲去世多年后，他说到我母亲时，眼泪掉下，哽咽得说不出话。使得我这亲儿子无地自容。

他天资聪颖，钢琴手风琴小提琴都是无师自通，弹奏起来很有情调。他不怎么读书，但是对京剧文学的理解却有过人之处。我写的诗《寒梅》，他看了有感触就为之谱曲。我把我们合作的词曲放在我的著作《诗歌写作入门》上，有纪念意义。他笃信佛教，与世无争。社会喜欢他这样的人。学校赞扬他德高望重，品格高尚，理解学校困难，不争住房。多次分配住房，排到他时又没有他的了，他也不争。后来学校还把原本属于他的住房收来给了别的教师。这样，他到老都是无房户。好在他是抱独身主义，一个人歪到哪里也是过。去年他脑出血住院，不几天就撒手人寰。

按他自己说的，他是"赤条条来，赤条条去"，他的家属给他安排了水葬。轮船从王家巷码头开出，向上游驶去。到江心时，他的家属将他撒入江中。我们几个老同学在船舷飞散花瓣，念叨"吴祖明走好"，把他送入太阳的光明里，送入江水的清凉里。我想到他与我共同度过的时光，当时觉得岁月悠悠，回头一看何其倏忽。我回想他的一生，不知道他为什么要来世间走一遭。

是啊，人为什么需要来世间走一遭，这是个亘古难解的谜。人们问天问地问神问佛以求答案，求得解脱。我以此问佛，佛说六道轮回。我以此问老子，老子答曰："夫物芸芸，各复归其根。"我以此问孔子，孔子老老实实以"知之为知之，不知为不知"的态度说："未知生，焉知死？"我以此问耶稣，耶稣对以天堂地狱。我以此问达尔文，他气恼地骂我是只猴子。

仔细反省，我没有宗教信仰。我信奉的主要是儒家学说。儒家非宗教，不可以与道教释教并列。学者把儒家与道教，佛教并列称为儒教实在是误会。

宗教的起源是"圣人以神道设教而天下服矣。"古时候，社会伦理道德尚未健全，是非不分，善恶不明。民不从善，不服教诲。圣人设宗教，使民有敬畏。佛教典籍后有言"诸恶莫作，众善奉行。"《圣经》里说了很多"你不可"，显然是在民智未开时，教化大众的。这直截了当的方法就如哄儿童说"麻胡子来了"，儿童就止住哭声一样。麻胡子是什么，儿童并没有见到过。

孔夫子不是这样教化民众的。他没有设立神道，反而是"子不语怪力乱神"，教人"敬鬼神而远之"。他以后两千年，到现在文明社会里还有一些组织弄神弄鬼骗人，有那么多愚民迷信，就知道孔夫子有多么伟大。

宗教立教的宗旨是信奉神，单一的神或多神。有神就有鬼，魔鬼，有天堂地狱，有来世转世，儒学里没有见到这些。不信奉神的社团不是宗教。孔夫子没有树立神，他的门徒也没有把他作为神供奉，也没有立别的神供奉。孔夫子没有被封为神，历代皇帝给他的封号是"大成至圣先师"，是伟大的教师。最高就是被封为"文宣王"，就是管文化宣教的。孔子是凡人，不是神的另一个证明是民众不认为他法力无边，从不向他祈祷，不求他保佑发财，保佑生儿子。儒学讲的是修身齐家治国平天下，是人生的指导，社会治理的方针。他传下来的是学派，不是教派；可以被称为儒家，绝不能被称为儒教。

但是，正如学者许倬云指出的，"儒家不是宗教，却具有一定的宗教性"，这是因为儒家持有"尊天敬祖的超越观念"。中国文人持身是以"儒家的淑世抱负作为根本，接受道家的清静和佛家的慈悲"。仔细检讨我数十年生活形成的思想本性，也应属于这一大概的范畴，虽然我没有淑世抱负，我能够做到独善其身就相当不容易了。

我对宗教的认识是模糊的。宗教是人的信仰，数千年来为大众信奉自有道理。宗教里有为人处世的智慧，也可以说是指引人的明灯。武汉归元寺藏经楼大门上的一副对联给予我很大启发："见了便做做了便放下了了有何不了，慧生于觉觉生于自在生生还是无生"。上联成为我做事的方针，下联还需我渐渐参透。

除此之外，宗教宣称有超自然、超现实的存在，我也不能说断然没有。我知书明理，不是迷信的愚民，不易听信宣传灌输，但是我的亲身经历使我感到困惑。

我有两次别人托梦与我的经历。一次是易叔文与我辞别。他和我是大学同学，关系很好。他患尿毒症多年。我每次回武汉都要和同学一起去看他。那年我在深圳，晚上梦到他来与我告别，他笑眯眯地说他走了。过两天我就接到他妻子电话通知噩耗。我大吃一惊，我说我在梦中看到他穿的是一件蓝布面子长棉大衣，问他是不是有这么件衣服。他妻子回答说有，因为他喜欢这件衣服就烧给他了。

一次是去年发生的事情。李华矩老师被发现患肝癌，确诊住院治疗已经一年多了。有一天他因为转院治疗回到家里，我们同学去看他，发现他精神很好，与我们谈谈说说，不像病情严重的样子。不久以后的一个晚上我做了个梦，梦到鬼子进村，我跑到一堵墙下，攀上去在墙头躲藏。这时李老师走过去，回头望着我说，他走了。我对此梦不以为意。过两天就接到电话说他去世了。我感觉太突然。我的梦是巧合吗？

梦非常平常，但是梦是怎么产生的却难以解释清楚。心理学家弗洛伊德花费大量精力研究梦，把梦解析为人的意识活动。中国人历来相信梦是人的灵魂的活动。托梦不是做梦人的意识活动，而是做梦人梦到的人的灵魂活动。如果是这样，那就是肯定灵魂的存在。这是不可思议的。所以我的这两次梦最好是解释为我的意识活动。

我不相信算命卜卦，但是却信归元寺的数罗汉。我每年生日要去归元寺数罗汉，预卜一年的命运。遇大事不决也去数罗汉，求得启示。基本上每次是有问必答。这一惯例形成可以上溯到 1979 年。那年系里请了一对新西兰籍教师夫妇，抽出几个中年教师脱产随他们进修，其中有我。这当然是难得的学习机会。可是当时我有个小说创作的冲动难以抑制。是专心进修还是边学习边写作，我拿不定主意。我去归元寺数罗汉。数到的罗汉手持一个盆景，尊者的法号是"修行不著"。我看了吓了一跳，这真是一字不差。我可说是执迷不悟，还是边学习边写作，结果两头都没有落到好。

有一年一个朋友在温州，帮温州一所私立学校请我去授课。我很想前去，倒不在于有报酬，而是想到温州附近一带好好游玩。我拿不定主意，就去数罗汉。数了罗汉，取得罗汉的法相卡，见到卡上附有四句诗文："千里关山度若飞，壮士此去欲不回，钢肠铁血男儿事，马革裹尸英烈归。"此诗说的与我问的暗合。从武汉去温州一千多公里，正是千里关山。"马革裹尸英烈归"太吓人。不管信不信，何必冒险？我就谢绝邀请。

有一年过生日数罗汉得的法相卡上的诗为："君本文曲下凡尘，落笔成章惊鬼神。笔耕墨耘纵辛苦，春秋大著待斯人。"我当然知道我不是星宿下凡，掂一掂自己的斤两，我也从未有写春秋大著的野心，但是这诗说中我想做的事情，多年来一直鼓励着我。这可能是魔由心生吧。

说来好笑，我不信佛有一次却教人拜佛。十多年前我去五台山游玩。在一座庙里看到有很多游人与香客。有一个站在我身旁身着武警服装的人说，为什么有这么多人拜佛？我把我的笃信佛教的同学吴祖明讲给我听的理论转述与他：拜佛是修行。佛本身就是伟大的，不需要凡人拜他他才伟大。拜佛是拜自己。拜佛时心里说我信佛，诸恶莫作，众善奉行。我要做善人行善事，我不做坏事。我不妄生无明之火，我不与人争吵。这样的人就不会有祸。前几天报纸上登了一则杀人案，说是一个妇女与菜贩子发生争执，叫来她丈夫与她出气。她丈夫是警察，带的有枪，吵到气不可遏，掏枪就把菜贩子一枪打死了。警察一开枪就清醒了，然而已经是犯下死罪，悔之不及。如果这警察平时拜佛修行，不生恶气，不开枪就不酿祸，没有祸就是福。一个人拜佛是有益处的。那人听了我的话，去到佛前倒身下拜。我见了很高兴，我居然劝化了一个常人。功德无量，善莫大焉。

其实我是拜妈祖的，我家中供奉妈祖。我常去深圳天后宫朝拜，去年还专诚去福建莆田湄洲湾朝圣。以我肤浅的理解，妈祖不属于哪个宗教，她也没有创立宗教。信仰宗教的人有的是出于哲理的认识，有的只是迷信。敬奉妈祖的人不含迷信成分，只是敬仰她是救苦救难的善良女神。

曹雪芹将自己"风尘碌碌，一事无成""一事无成，半生潦倒"的悔恨化作了一部《红楼梦》。我虽怀同样悔恨，写些回忆只不过是闲极无聊，自言自语。

把一生的酸甜苦辣重尝一遍值得吗？值得的。英国著名哲学家，1950 年诺贝尔文学奖得主罗素在他的《论老之将至》一文中告诫我们："从心理学角度讲，老年需防止两种危险。一是过分沉湎于往事。人不能生活在回忆当中，不能生活在对美好的往昔的怀念或对去世的友人的哀念之中。一个人应当把心思放在未来，放到需要自己去做点什么的事情上。"可是，我不能听从他的话，我克制不住地就是要回忆。在回忆中，我仿佛又生活了一遍，尽管在回忆中，欢乐不多，而且有苦难悔恨啃啮着我的心。我一生做过很多傻事，错事，至今后悔不已。写完回忆也就释放了这情绪。过去的让它过去吧。

陶公高吟"悟已往之不谏，知来者之可追"，依然乐观。我也还有"来者"可追，我将一步步前行去追求。

后主，请勿再唱"往事只堪哀，对景难排"。一切皆成往事矣！

2016 年 11 月 28 日完稿于武汉

汉　诗

汉口江畔夜歌

1961 年

世上有歌曲，人心都欢畅。

你欣我所赏，我俩同声唱。

拍掌击节奏，心摇身自晃。

和声是誓约，旋律到心房。

江水拍堤岸，水上流月光。

天河好航路，歌声到月上。

就说我们俩，相爱永不忘。

劝　解

2016 年 7 月 4 日补

　　昨日电视中讲王阳明，提及其《泛海》，首句让我惊讶，遂从网上查得全诗抄录如下："险夷原不滞胸中，何异浮云过太空？夜静海涛三万里，月明飞锡下天风。"这使我忆起 40 年前所作的一首小诗，与此诗首句意思相同，且用词几乎一样，而我那时几乎不可能读到王阳明的任何作品，或者是读过此诗而忘记了。

　　小事原不滞心间，眉头一展即神仙。

九曲何似黄河水，奔腾回环进平原。

贺郑克司先生花甲大寿

1982 年 10 月

郑老不老精神爽，双目如电仍大嗓。

松立钟坐步履健，粗茶淡饭酒半筋。

灯下伏案到三更，又唤羲和伴昼长。

求教人勤门虚设，斗室偏有龙虎藏。

学贯古今复中西，英诗独以骚体译。

莎翁拜伦易汉装，读者无不叹为奇。

月笼桂荫香来去，风戏泉影声缓急。

掩卷人对疏放客，茶烟轻飔星斗移。

自言年少多莽撞，坎坷遭际实可伤。

人不堪忧不改乐，一部莎翁渡劫航。

而今六十志未夺，扬眉啸傲顾八荒。

欲展雄才丰文苑，不为形役学问长。

我亦有忧忧心焚，见公如此爽然忘。

附：回赠

凉秋九月奉华章，情文并茂慰衷肠。

感君过誉增颜汗，愧我无才答周郎。

潇洒出尘心高洁，耿介拔俗气轩昂。

当与骐骥共亢轭，岂偕驽马同辔缰。

锲而不舍镂金石，钻之弥坚探宝藏。

应能折取月中桂，纷陈嘉果共举觞。

德予兄雅正

愚老伯权敬答　壬午年九月生辰

观杨丽萍《雀之灵》舞

1995 年

一从荧屏睹丰采，倾倒至今难释怀。

孔雀降临鹏城喜，同好相约观舞来。

乐声渐起人语寂，绒帘绣幕次第开。

南国清晨春意浓，孔雀翩翩来林中。

顾盼为察林中情，秋波横绝一千众。

轻吹细打难为舞，春困无奈肢体慵。

香雾氤氲挥不去，藤萝似忆昨夜风。

潭水幽幽照锦衣，水面翻舞七彩霓。

先洗秀目后洗羽，清啼一声天地异。

纤手翻翻五音扬，玉足踏踏节奏起。

香肩摇摇乐韵动，莲腰款款旋律奇。

玉骨应已寸寸断，方见清风涟漪起双臂。

辟谷致使腋生风，才能腾挪奔旋不喘气。

晾翅翼，风扑面；抖羽衣，霞光绚。

忽东忽西低复昂，引来林中百鸟喧。

顿足何难起半空，却叹失重为风卷。

孔雀跃上花树巅，展翅飘下几回旋。

立定手捏孔雀诀，闪目点头意自远。

不知是人变孔雀，还是孔雀化婵娟。

观众朵颐魂摄尽，幕落才闻掌声殷。

迟迟离座懒言语，人流卷我出大厅。

耳际犹有仙乐绕，眼前飘飘雀之灵。

探武汉长江一桥

1997 年 4 月

君载千钧我载愁，风风雨雨四十秋。

白发归来身是客，忍见大江昼夜流。

寒　梅

2000 年 1 月

梅花香自苦寒来，不到苦寒花不开。
花开仍在苦寒中，惯于苦寒花自在。

游江西定南养殖场

2001 年 5 月

竹楼觉来倍精神，无力微风不散温。
白云如绵拭天净，扬鞭且看马上人。

致刘孟陶兄

2003 年 5 月

汉水悠悠入长江，寿龟灵蛇青苍苍。
白云黄鹤何遥远，高山流水仍悠扬。

关羽卓刀现清泉，李白送友留华章。
地钟灵秀是天赐，人秉高义古风长。

冬 夜

2007 年 2 月

熄灯作别电脑台，步月小院一徘徊。
慰我长年伏案苦，一枝梅花越墙来。

贺清云兄得琴

2007 年 4 月

指板犹留高手痕，腹箱龙吟曾遏云。
流落尘世人未识，得遇周郎喜不胜。
但是诗人多丰采，就中风流莫过君。

哀汶川

2008 年 6 月 1 日

大气包裹蓝宝珠，浩瀚宇宙一星球。

四十五亿年高龄，仍未安稳动不休。

心中烈火向天喷，板块漂移熔浆流。

地质灾害频发生，使人痛苦使人愁。

二〇〇八平常年，五月十二平常日，

十四点钟廿八分，八级地震袭神州。

四川汶川家家钟，此刻时针停不走。

晴天霹雳来地底，蛰龙翻身一声吼。

十万平方公里地，山崩地裂水倒流。

美丽河山化疮痍，只在顷刻一瞬后。

建筑住房应声垮，压死数万伤无数。

最是可怜学校里，纷纷倒塌教学楼。

钢筋水泥断楼板，砸向学生嫩骨肉。

欢歌笑语读书声，闷入黑暗一时休。

死寂笼罩数分钟，天地寒凝气难透。

突然爆发呻吟声，痛苦凄厉呼难受。

劫难之余幸存者，奋不顾身施援救。

重新扑回废墟里，抢救师生和亲友。

拉不出数吨冷酷下，渐渐冰冷伤者手。

只恨不能以身代，心如刀绞热泪流。

旷世劫难引关注，充爆媒体和网络。

惨烈景象惊国人，伤痛之感同身受。

从东土，从西域，海之南，天之头，

奔向汶川抢险队，奔向汶川医疗组，

奔向汶川成万志愿者，

奔向汶川食品饮水帐篷和药物，

奔向汶川亿万人的爱心捐助。

山碎路断车难行，进入灾区靠徒步。

座座荒城阳光下，满城颓垣满城土。

乱石击碎多少梦，残躯断肢不忍睹。

一人亡去一家破，岷江滔滔恨悠悠。

多少生命苦挣扎，困于重压待援救。

壮士一见血沸腾，展开生死大搏斗。

生死只差一口气，一口气用秒计数。

争分夺秒不休息，不分黑夜与白昼。

抢救生命是第一，个人安危置脑后。

侧身爬入断梁下，挖洞钻进死神口。

闯入地狱觅游魂，天地动容鬼神愁。

救民水火屡赴难，仁义之师照千秋。

救死扶伤帐篷里，医护人员忙不休。

连续工作几昼夜，极度疲劳手不抖。

一丝气在不放弃，可对苍天无内疚。

能不截肢不截肢，治在今日思今后。

救命还兼疗心理，仁心白衣称圣手。

热心快肠志愿者，他人有难挺身助。

国家兴亡为己任，万众一心何难有。
港澳台人闻风动，捐钱捐物派人救。
一片赤诚系汶川，血浓于水亲手足。
全球华人俱震动，远隔重洋亦心揪。
同种同文一条根，同胞同心同感受。
世界人民也悲伤，救援来自五大洲。
肤色文化有不同，博爱精神泛环球。

五月十九哀悼日，警报呜咽遍九州。
国旗半降悼国殇，十三亿人齐垂首。
哀声干云日无光，泪水淌地河汎流。
默念英烈殉难时，事迹可泣可歌讴。
忍痛曲身筑小巢，娇儿安睡温柔窝。
母亲名字是受难，至柔至刚为楷模。
张臂弓腰护学生，泰山压顶不畏缩。
教师名字是奉献，孔子曾将城门托。
舍身救人是壮举，大难到来何其多。
人性本善不容疑，给人信念对生活。
灾难深重华夏人，天不庇护神不佑。
生存奋发靠自己，有我头脑和双手。
亿万铁臂高举起，齐呼中国啊加油！
巍巍高山可震崩，英雄脊梁永不佝。
勤劳勇敢汶川人，挺起腰板昂起头。
治好伤痛擦干泪，清理废墟平田畴。
重建家园新生活，科学规划有统筹。
一方有难八方援，众志成城看长久。

山川收拾更美丽，和谐社会乐无忧。

长歌当哭抒哀思，歌毕余痛泪难收。

咏 菱

本义师赠菱角，因咏以赠。

2008 年 10 月

缁衣一领裹素心，隐入荷塘承莲馨。

月送清辉水清凉，清姿清韵难为吟。

伟哉屈原

2009 年

端午实为一人兴，诗法楚辞有定评。

清粽香囊缠彩丝，龙舟锣鼓飘长旌。

太息民生哀艰难，掩涕国事伤凋零。

故里魂归忧应解，民智已开不独醒。

小院（三首）

2010 年

休叹梅谢花枝残，它树新叶绿灿灿。
暖阳日日移窗外，轻衣喜迎春光还。

雀舌新叶艳于花，映日碧桃泛赤霞。
小院分得春一片，寻芳不用走天涯。

雨落无迹不自天，树影楼身映明线。
淅沥阵阵驱残暑，今夜料得有安眠。

拜衡山

2011 年 1 月

雪后清新净无尘，至诚朝觐为铭恩。
南岳仙子亲接引，香雾彩灯到星门。

问青年

2011 年七夕

七夕到来好激情，可叹银河早隐形。
从未夜空抬望眼，问君识得几颗星。

中秋非佳节

回复程丙吉手机短信贺

2011 年 9 月 12 日

嫦娥也是独巡天，月老不为牵红线。
明月彩云相伴去，休临孤房窥无眠。

蝶恋花

大学毕业 50 周年聚会

2012 年 8 月

　　花褪春红莺声老。玉树倾徇，縠面迎君笑。莫道互瞧人吓倒，吾亦深惧菱花照。

　　趣事忆中真不少。五十年华，岁月回首缈。要讲一生尚嫌早，壮心待踏千里遥。

临江仙·厓山怀古

2012 年

　　拍岸惊涛珠玉碎，袅袅犹是腥风。楼船蔽日炮火红，流星飞箭雨，杀喊震长空。

　　恶风狂澜樯橹断，可怜蹈海金龙。忠魂十万踏波从，厓山节义在，正气贯长虹。

2012 年冬至

黄叶满园雪暗天，可堪孤馆又一年。

何事聊以慰寂寞，穿越宋元战火间。

自 贺

《影视作品欣赏与影视小说创作》出版

2013 年 5 月

三十万字确实难，历尽艰辛方觉甘。

一剑十年成敝帚，百发万字现童山。

缤纷世界任人往，虚幻乾坤惟吾耽。

自顾力衰无长策，余生只适敲键盘。

陌上花·除夕感怀

2014 年 2 月

阳台纵目，陪我守岁，彩灯成片。掐算南来，云烟卅年过眼。忆昔噩梦惊心日，夹尾仍被谪贬。火车雷动起，刹那失控，泪流满面。

却谁知就此，时来运转，感谢苍天垂念。淡定生活，自有做人尊严。闲暇约伴游名胜，尚喜身轻体健。退休来，真是我身我有，人人称羡。

樱　花

2014 年 3 月

一株红粉次第开，迟来蓓蕾对残衰。

须待明春又艳丽，应知不是此花来。

赤桃初见蓓蕾已有蕊伸出

2014 年 3 月

蓓蕾比花更鲜艳，一团精气尚未放。
讶见苞顶探出蕊，乃悟繁衍是至上。

种蔷薇

2014 年初夏

不羡邻家花红嫣，一兜购来栽窗前。
定根方才浇足水，抽条已是攀上天。
绿缎屏风须展阔，锈铁栏栅待遮严。
繁花似锦意中事，枝繁叶茂年复年。

《传家诗》编后

2014 年 3 月 25 日至 5 月 25 日编注凡 7 万言

歌哭咏叹三千年，一笑一颦现眼前。

人品本为诗品骨，今风难比古风肩。

任他人物如驹隙，存此诗词非云烟。

一卷贮胸山蕴玉，另开人世一重天。

窗 纱

2014 年 9 月 20 日

折腾三月未归家，窗栏爬来牵牛花。

荒秽不理也成趣，天然装饰活窗纱。

踏莎行·步行过长江大桥

2014 年 9 月 25 日

上午在江汉关乘 9 点 30 分轮渡至武昌，在户部巷食烧梅豆腐脑后登蛇山。10 点 20 分自黄鹤楼脚下步行游览过长江大桥。11 点 10 分到龟山侧麓，即乘公交回家。有自拍留念，小词记游。

独鹤与飞，层云在望。步虚已感秋气爽。置身天地水云间，叹人世瞬息万状。

浮生得闲，佳时策杖。玉机留影与人赏。青山依旧耸龟蛇，烟波浩渺横江上。

葡萄修枝

2014 年 10 月 8 日

一地杂乱枝条，曾经纠缠头顶。
是锯是剪痛快，又现一片天青。

一剪梅·解放公园

2014 年 11 月 27 日

意外相逢同进园，灯影朦朦，树影娟娟。游人散尽绝尘喧。湿滑木栈，倾倒玉珊。

意气待飞天地宽，交待衣衫，鹿步数圈。轻松闲话一路还。只在道上，如在云端。

读陆游《冬月斋中即事》有感

2015 年 1 月 9 日

情恨吟成钗头凤，冰河铁马展雄风。

我今持帚学先贤，诗在日常生活中。

陶涛教授来汉

2015 年 4 月

春到磨山景物美，喜同良友来寻幽。

群山苍翠涤浊脑，一水潋滟明昏眸。

儒者渊博说古字，楚风奇瑰探源流。

玉机一揿留清照，他日检视忆胜游。

和唐伯虎诗一首

2015 年盛夏

虚度人生七十年，日安食饮夜安眠。

至亲好友常聚首，明月清风不费钱。

书本漫翻消永昼，荧屏浏览赛散仙。

不紧不慢工夫做，逍遥过好每一天。

公安访马华兼致文联诸君

2015 年 5 月 17 日

秧绿姜姜麦子黄，公安自古是粮仓。

一县经济大繁华，三袁文风自发扬。

不必摹古谁敢提，独抒性灵我欲狂。

相逢有缘频举盏，共祝先贤得重光。

有 感

2014 年 5 月 20 日

昨夜不知道 2014 是"爱你一世"，5.20 是"我爱你"，乃告白节误入步
行街

市廛充塞酒楼满，入夜时分人寻欢。

满目青丝意甚乐，独吾白首情何堪。

青春错过谁之罪？红羊劫后余一叹。

久陷沉疴惊不醒，人间仍指北为南。

行香子·戏改洋诗《思绪》为汉诗

2015 年 6 月

田野游荡，海滩徜徉。曾有泪，笑声朗朗。老屋只余，颓垣断梁。叹时不再，音无凭，聚无常。

闪烁孤星，消隐残阳。拟泛槎，银汉茫茫。悬崖撒手，尘寰回望。唯叹数回，笑数声，泪数行。

八声甘州·游深圳荔枝公园

2015 年 3 月 3 日

对良辰美景奈何天，偏黯黯生愁。看荔枝树密，亭台掩映，湖上兰舟。更有银发舞剑，红袖展歌喉。万种风情地，只我独游。

纵目四合大厦，纳金融科技，人材俊秀。创新驱发展，改革居排头。诚邀卿，来深施展。互扶持，方为神仙俦。闲暇时，园中携手，花下影留。

湄洲岛朝圣

2015 年 9 月 9 日

妈祖不立宗教，不创教义，不传门徒，是一善良女神，引人千古崇拜。

海不扬波船履平，琼宫玉阙上天青。

久持信念拜妈祖，今奉皈心置祖庭。

诸事颇安承照看，一生尚可感恩情。

或因不舍偏怜子，轻洒甘霖送我行。

致渝生

2015 年 12 月 28 日

我的同龄人很多在重庆出生，名字里带"渝"字。忽发奇想，如果大喊一声"渝生"，全国会有多少人答应？

吉星何事要临凡？逃难家庭添负担。

嘉陵江水浣襁褓，峨眉山月照摇篮。

双亲怀里获庇护，警报声中得梦酣。

川橘醪糟担担面，童年混沌苦亦甘。

御街行

庆电影剧本《文天祥》发表于《中国作家》

2015 年 12 月 31 日

扬言投稿真年幼，只落得，同学逗。眼睁睁岁月蹉跎，苦苦长相厮守。
人留尘世，神游天外，叹浩瀚宇宙。

梦圆今日天保佑，有贵人，垂援手。万民同乐方为乐，还看共同成就。
觅来宝剑，削六十岁，一切再从头。

回深圳过年

2016 年 2 月 6 日

一车南北年复年，能跑便知体粗健。

待到繁芜收拾了，塞纳河畔看云闲。

返 汉

2016 年 9 月 1 日

列车一夜，穿越三省。

千里归客，重返三镇。

乃瞻衡宇，载欣载奔。

掏出钥匙，开启房门。

半月无人，满室蒙尘。

或拭或浣，躬亲其任。

亟待安定，续写剧本。

自幼好此，忘食发愤。

乐夫天命，尽乎本分。

中秋将至

2016 年 9 月 11 日

都道中秋是佳期，谁怜嫦娥为孤栖。

碧海青天光华满，浴罢新披锦云衣。

中秋无月

2016 年 9 月 5 日

欲瞻明月来江滩，可恨乌云遮婵娟。

不学小儿哭月亮，大江夜景亦足观。

与詹重椢、武英杰、程丙吉游解放公园

2016 年 9 月

秋高气爽菊花妍，发小相约逛公园。

束发有幸为同窗，携手走过七十年。

少年烦恼壮年累，老来方能得悠闲。

常常聚会谈往昔，无数趣事供怀念。

今日游园得欢乐，笑声朗朗出心间。

笑得蓝天彩云飞，笑得林间百鸟喧，

笑得草木都生香，笑得游人都称羡。

祈求天佑人长久，开心过好每一天。

武汉天气

2016 年 10 月 25 日

从夏入冬跳过秋，从单到棉只一周。

夏天极热冬极寒，武汉天气神仙愁。

陌上花·武汉春宵

2017 年 4 月 24 日

大厦影后，金乌甫隐，华灯初上。宝马香车，直奔酒吧舞场。笙歌处处，徐娘舞，兴致渐趋酣畅。看休闲室内，象棋扑克，乒乓麻将。

叹浮华种种，赏心乐事，难引心中微漾。躺进沙发，一壶清福独享。书桌圈椅，遐思纵，叩见大宋丞相。半空中，驰骋千军万马，古国神往。

贺圣朝·贺王瑞翁一百一华诞

2017 年 6 月 15 日

超群出众南国叟，积福德深厚。期颐已叹人间稀，又百年从头。

子孙满堂，光前裕后，持家风严肃。再斟美酒祝良辰，天增仁者寿。

注：王瑞翁乃深圳画家王宪荣（艺龙）之父。

随手拍配诗

道旁悬铃木

2016 年 3 月 1 日

壮岁离乡投老归，欲寻旧梦百事非。
树犹如此臃肿状，人何以堪清泪垂。

题自拍照片戏作

2016 年 3 月 15 日

海上侠隐无痕剑，金盆洗手二十年。
闲云野鹤难觅影，人言或在长江边。

咏瑞香

昨日购得瑞香一盆

2016 年 3 月 31 日

沃若绿衣紫罗裳，融融春暖冉冉香。

本性不存结子念，无心惹得蜂蝶忙。

天仙子·龙王庙

2016 年 4 月 17 日

细雨初歇春宵静，隔岸歌吹彩灯影。两江波浮三镇雄。自反省，吾何幸，天地惠我此美景。

大禹收功九州定，伯牙子期受钦敬。注目长江东逝水。居人境，心不竞，谁来伴我立花径。

剥蚕豆感悟

2016 年 4 月 29 日

手剥翡翠绿袍中，西域传来自凿空。

忽见眉弯似脐带，乃惊天人机理同。

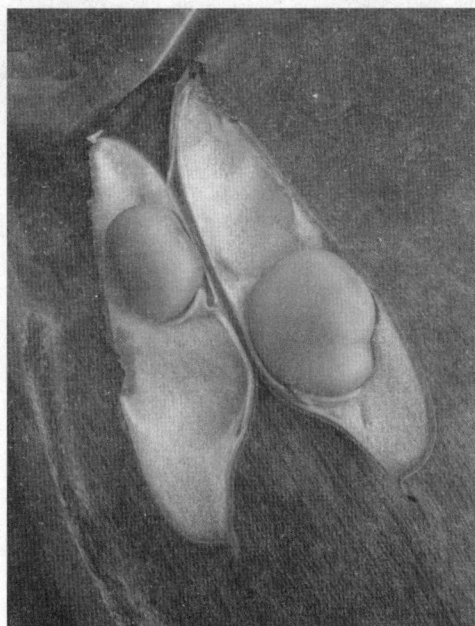

谒古隆中

2016 年 6 月 21 日

诸葛大名垂宇宙，早年茅庐惟山间。

隆中对成三分国，出师表终五丈原。

心持淡泊方明志，性修宁静能致远。

出师未捷亦英雄，崇奉如神仰先贤。

如梦令·题柳之照

2016 年 10 月 6 日

　　问我巍巍杨柳，可识当年旧友。虽一别经年，休看鹤发皮皱。知否，知否，曾似此童年幼。

江滩信步

2016 年 10 月 6 日

镜头捕鸟飞，玉树助声威。
叱咤展绿袍，飞身奋起追。

蒹葭三照

2017 年 7 月 9 日

三月蒹葭初破土，生命萌发乐无忧。

六月蒹葭临风立，青春年少丰神秀。

冬月蒹葭已苍苍，历经风雨夸成熟。

发展阶段天注定，步步向前难停留。

青涩可怜盼成熟，及至成熟已白头。

就算成熟又怎的？白发苍苍迎风露。

欲将成熟换青春，天回地转水倒流。

独立江滩望逝水，人生一世草一秋。

注：三张照片拍摄历时一年。诗由蓄意到完成也是一年。见蒹葭成熟已白头，白头才成熟有感而发。

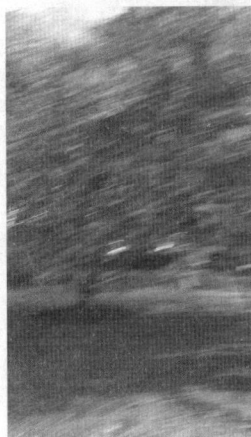

清 供

2017 年 8 月 4 日

剪来青青三两枝，水晶钵里呈芳姿。
不需泥土污素荣，全凭清水发华滋。

蜜 蜂

拍摄于恩施利川齐岳山，同游者张国修、俞礼钧

2017 年 8 月 12 日

双翼披纱巾，复眼赛紫晶。

来去飞碧落，工作吮芳馨。

一生只酿蜜，万事不关心。

命里所注定，不知有苦辛。

新体诗

冬 树

早没有了繁花累果，
又飘落了浑身黄叶，
我感到无比轻松。
牵不住流云，
招不来清风，
光秃的枝伸向苍穹。
地面土已干，
小草也已枯，
鸟儿无影无踪。
大地一片沉寂，
让我安静地睡吧，
安静地睡它一冬。
春天的繁华，
夏天的茂盛，
可会来入梦？

焰　火

夜空里忽然升腾起焰火，
五彩缤纷，千姿百态。
照亮了世界，
也照亮了我。
我还来不及惊叹欢呼，
那焰火就稍纵即逝，
只留下缕缕白烟，
似那淡淡的哀愁。
这火树银花不能常开不谢，
像彩灯般高高悬挂着。
它的灵气就在于流动，
使人感到无可奈何。
有谁知道焰火消失后，
夜空更加黑暗寂寞。

流星之歌

黑沉沉的夜空

那么高，那么深，那么宽广。

圆圆的月亮

那么庄严，那么美丽，那么辉煌。

满天的繁星

那么灿烂，无边无际，渺渺茫茫。

啊，流星啊，流星，

你忽然划过天空，

离去得那么匆忙。

一瞬间你耗尽了

你一生的光亮。

茫茫的太空里

再也找不到你的踪影，

不知道你陨落何方。

你身后留下的

是无穷的遗恨与惆怅。

繁星还是那么灿烂，

月亮还是那么辉煌，

夜空还是那么高深，

还是那么宽广。

心中的花

现在是五月，
春天渐行渐远。
在这庐山上，
鲜花依然开遍。
如果春天只是更迭的季节，
就会像日历翻过无所留恋。
如果春天是鲜花，
一年四季里都有春天。

现在是五月，
春天渐行渐远。
在这庐山上，
鲜花依然开遍。
你来前走后都有花开，
它们不是为你争奇斗艳。
只在你心中有花开时，
鲜花才为你展开笑颜。

行走在大地

影视片《文天祥》主题曲

一

我们行走在大地，
融入天地的无边无际。
步步感受大地的托举，
心中充满生命的欣喜。

古老宽广的大地，
你隐藏多少故事传奇？
你见过无数次冲天的火光，
听过洪流般驰过的铁蹄。

你只是沉默不语，
让岁月抹平疮痍。
又用你载物的厚德，
让万物繁衍生息。

生于你复归于你，
芸芸万物生生不息。
繁荣衰败一刹那，

光阴过往不留痕迹。

啊，大地，古老的大地。

啊，大地，古老的大地。

二

我们行走在大地，

融入天地的无边无际。

步步感受大地的托举，

心中充满生命的欣喜。

我忍受着欺凌践踏，

等你把我从尘埃扶起。

我能够忘记一切苦难，

只因为有你一生相依。

我们携手前行，

栉风沐雨，挨饿忍饥。

风餐露宿，日夜兼程。

只想早日回归故里。

生于你复归于你，

芸芸万物生生不息。

繁荣衰败一刹那，

光阴过往不留痕迹。

啊，大地，古老的大地。

啊，大地，古老的大地。